続・漱石

漱石作品のパロディと続編

関 恵実

専修大学出版局

目次

凡例

第一章　序論　1

一、パロディの定義と日本文学における概念　3

二、近現代の続編と作品結末の終結感　20

第二章　吾輩は猫である　29

一節　三四郎『それからの漱石の猫』

一、作者三四郎について　31

二、あらすじ　36

三、冒頭　38

四、一次テクストの世界からの離別　45

五、主題　47
六、猫と金貸し　48
七、二次テクスト内の特徴　55
八、結末について　59
二節　内田百閒『贋作吾輩は猫である』
一、作家と作風　63
二、あらすじと構成　64
三、登場人物　71
四、猫たち　75
五、身体の連続性と意識の不連続性　78
六、語りの方法の進化　79
七、一次と二次の年齢層の違いによる世界観の違い　82
八、終結　83
三節　奥泉光『「吾輩は猫である」殺人事件』
一、作者と作品　86
二、あらすじ　87
三、構成　89

四、登場人物と設定　92
五、物語について　103
六、結末について　109
七、『吾輩は猫である』続編三作の終結　110

第三章　虞美人草　115

一節　三四郎『虞美人草後篇』
一、作品について　117
二、『虞美人草』あらすじ　118
三、『虞美人草後篇』あらすじ　120
四、構成　122
五、登場人物　125
六、女性観、結婚観について　133
七、『金色夜叉』との関係　136
八、結末について　139

第四章　明暗　141

一節　田中文子『夏目漱石「明暗」蛇尾の章』
一、作者について　143
二、田中文子による『明暗』のあらすじ　145
三、『夏目漱石「明暗」蛇尾の章』のあらすじ　150
四、構成における類似　153
五、一次テクストの謎を解くことを主題とした物語　155
六、排除された人々　168
七、漱石作品の影響　169
八、結末の終結感　178
二節　水村美苗『続明暗』
一、作者と作品　180
二、あらすじ　184
三、構成　192
四、登場人物　195
五、一次テクストからの伏線・命題　198

六、『夏目漱石「明暗」蛇尾の章』との共通と相違　206
七、結末における終結感　208

第五章　結論　211
一、続編における終結と接続　213
二、真面目なパロディとしての続編の意義　219

あとがき　225

装幀　本田　進

凡例

1. 本書におけるテキストの引用は、岩波書店版『漱石全集』(昭和四十年十二月〜昭和六十一年四月)に拠り、これ以外の引用は注に記した資料に拠った。
2. 引用文の仮名遣いは原文のままとしたが、漢字は新字体に改めた。
3. 引用文におけるルビ、傍点、圏点は省略した。
4. 本書における書誌的事項は次の通りである。

『 』……作品・論文の単行本名、「 」が二重になる場合の内側のカギ。
「 」……作品名、論文名、新聞、雑誌、テキストおよび参考文献からの引用。
〈 〉……強調、特定の語句。
( )……引用文および参考文献の出典、注釈。

第一章　序論

私は、一九九〇年に刊行された『続明暗』[1]、一九九六年に刊行された『「吾輩は猫である」殺人事件』[2]などが出現した二十世紀末の状況を機に、日本におけるパロディ研究の方法に一つの疑問をもった。文体を詳細に模倣し、原典となる作品の設定を引き継ぐ〈続篇〉という模倣ジャンルについて、日本文学ではどれ程研究されているのだろうか。現在の日本文学によるパロディ研究は、ポストモダン以前の〈喜劇性〉に強く縛られた偏りをもっているように思われる。今回、〈喜劇性〉ではなく、〈続篇〉という構造的分類を元にして、そこから〈喜劇性〉またはそれ以外のどのような効果が発生するのかを考えてみたい。

一、パロディの定義と日本文学における概念

辞書から見る定義

『日本国語大辞典』[3]で「パロディー」の項をひくと、「①既存の作品の文体や語句、韻律などの

特徴を模して、全く別の意図のもとに滑稽や諷刺、諧謔、教訓などを目的として作りかえた文学などの作品。もじり。②音楽で既成の楽曲の旋律または歌詞を借りて、原曲をもじった楽曲を作ること」と紹介されている。私が今まで出会った日本のパロディ研究論文は、パロディに①の意味を用いているし、その意味に対応する作品しか扱っていないように思う。

ある研究者の定義

三浦俊彦は、自身の論文において、パロディを以下のように定義している。「パロディは模倣と引用との中間」である。ここでの模倣とは、構成、文体など形式的特徴の反復である〈模倣〉と、映画化などに際する登場人物やストーリーの反復である〈アレンジ〉、模倣またはアレンジを時空的にずらす〈外挿〉という行為を意味し、これらは、メタレベルの上昇はないが、作家が「批評的距離」をとることで偶発的にパロディとなる、としている。また〈引用〉とは、原典を地の文に挿入することで、原典のもつ機能や役割を表層化する〈引用〉や、原典自体ではなく名前や原典に関する記述などの外的なものによって、原典を指し示す〈指示、言及〉があり、これらは、原典を他の文章で値踏みし対象化することでメタレベルに上昇するが、引用する者の意図として、一般的に「批評的距離」があるとはいえない。三浦氏は、このような意味でパロディを定義しているが、パロディの定義は他のもののパロディに過ぎないというスタンスを取っているために、二十世紀のパロディはそれ自体を定義することが不可能である、としている。

また、パスティーシュと呼ばれる作品を書いている清水義範は、かつて『深夜の弁明』という文庫のあとがきにて、「パスティーシュというのは、模倣の手法で書いた作品というような意味で、パロディーの一種といってもいいし、物真似の面白さがある小説ともいえる。私は最近、パスティーシュという言葉を自分なりに拡大解釈して使っており、その場合には特に何かの物真似でなくても言葉とか文章とかいうもののおかしさを書いたものを、パスティーシュとしている」と書いている。辞書、研究者、作家らが、このように定義しているが、パロディの実態は本当にこのようなものなのか。実践を伴って本書は検証する。

以下、実際の論文や特集を元に、現在の日本におけるパロディの領域を考えてみたい。

韻文の領域

韻文においてパロディを取り扱う際、最も重要となるのは本歌取りとパロディの問題である。

今栄蔵「パロディの世紀――十七世紀日本文学の一側面」[4]は、十七世紀の韻文・散文におけるパロディの興隆が、どのような過程で発展したのかを研究したものである。基本的に、ここで取上げられているのは「もじり」である。今氏は、韻文の発端は「室町時代を通じてきわめて強い興味を、広く一般庶民のあいだまで呼び起こしていた秀句趣味にあった」と考える。秀句は一字のもじりで、言い掛けの洒落のおかしさを表現するのだが、パロディ的趣向は、散文では謡曲を逐語的パロディにした狂言へと、韻文では俳諧と狂歌へと発展したと書かれている。本歌取りとパロディの定義はなされていないが、「伝統和歌における古典的本歌取り」と「パロディ的滑稽」とに対置されていることからも、今氏の意識が伺える。また今氏は、「パロディ自体は文学価値において低次元の存在にすぎないものである」「パロディにおける通俗滑稽的、陽性的な分子」としており、本歌取りを高度、パロディを低度という明確な区分があるようである。

川名大「本歌取り／パロディー　パロディーの毒をこそ」(5)では、本歌取りを「先行の古歌（本歌）の詩句を採り入れて詠むことで、連想力によって本歌の世界を髣髴させつつ、新たな世界と重層させることにより、深みや余剰を豊かにする方法」と定義し、対してパロディは『広辞苑』(6)の説明文「文学作品の一形式。よく知られた文学作品の文体や韻律を模し、内容を変えて滑稽化・諷刺化した文学」を受けて、「この『内容を変えて滑稽化・諷刺化した文学』という概念が、本歌取りとパロディーを分ける肝心な点だ」としている。また、「パロディーは本の詩句に時代を超えた普遍性が求められる」とも定義している。この定義では、『ドン・キホーテ』によるく原作（騎士物語）が忘れられた後もパロディが読者の意識、又は文学史に残る〉という現象はどのように考えるのか。元の詩句が普遍ならば、パロディも長く残る可能性があるが、パロディは元の詩句によって生き残るわけではないということが、パロディの歴史にはある。

以上は、韻文における本歌取りとパロディを研究対象として扱ってきた論文だが、次の特集では、実際に歌人たちが、本歌取りとパロディをどのように区別しているのかを知ることが出来る。『短歌研究』における「特集　本歌取りvsパロディー」(7)では、「古来、短歌の正統的な手法として本歌取りがあります。一方、パロディーは時代のあり方によって強く出てくるもののようで、かつて江戸時代に大流行した狂歌などのように、世の中のしかるべきところが崩れてくると、急に流行ってくるもののようです」と前置きしている。

この特集は、歌人が本歌取りの作品とパロディの作品を一首づつ選び、本歌を併記し解説を加えるというものであるが、歌人によって本歌取りとパロディの定義が曖昧であることがよくわかる。解説の中には「これをパロディといっては作者は心外かもしれない。(略)ただあまりにも「あいみてののちの心」は決まりすぎだし、『風景である』というとめ方はやはりパロディ的である。古歌の雰囲気を現代に生かすこころみにこうした歌になったと思う」というものがあるが、「決めすぎている」(過剰化による差異—筆者註)がパロディ的であることは理解できるとして、「古歌の雰囲気を現代に生かすこころみ」は本歌取りとどう違うのだろうか。「滑稽化」など辞書的な意味で区別した解説としては、「パロディ化してやや自慢げ」、「そこがおかしさになっている」「本歌に対するかすかな揶揄の気分がうかがえないでもない。巧妙なパロディではないか、と思う」「厳密な意味では、パロディと言えるかどうか。パロディ(擬き)の笑いは聞こえない」という、結果としての批判性(揶揄)、喜劇性(おかしさ、笑い)を判断材料にしている。また、「パロディには、原典への諷刺や揶揄的な要素が含まれているが、そこには原典への尽きぬ興味が確実に存在する。本歌取りが形式に陥ることがあっても、パロディには一回性の独自な心動きがあり、そうはならない。嘲うのも殺すのも、原典への愛の為せるわざ」と、パロディの作者の心情による区分をする歌人、対照的に「正直言って、私には本歌取りとパロディの境界線がいま一つ判らない」と述べ編集部の依頼状に書いてあった上記の「古来、短歌の正統的な手法として本歌取りがあります。一方、パロディーは時代のあり方によって強く出てくるもののようで」という定義を判断材料にした歌人もいた。

このように、歌人にとっても本歌取りとパロディの区別はつけ難いようである。それは、本歌取りもパロディも構造の上では、本歌の一部を模倣するという同じ方法を取っているにも関わらず、その解釈によって二つを区分しようとすることにある。そして、韻文のパロディ研究では、秀句、狂歌などを多少論じることがあっても、大抵は本歌取りとパロディの区別に終始してしまい、解釈以外の差異の研究などには及ばないのが現状である。

散文の領域

前掲論文「パロディの世紀――十七世紀日本文学の一側面」では、「パロディ（もじり文学）」の傑作として『仁勢物語』が取上げられている。パロディ（もじり文学）のルーツとして先ほど挙げた秀句があり、そこから一五八五年の「謡曲『頼政』のかなり忠実な逐語的パロディである狂言『通円』」の出現があり、一五八九年『古今若衆序』があり、『犬枕』などの仮名草子から『仁勢物語』へ続く」とされている。

富士正晴『パロディの精神』(8)においても、『仁勢物語』をパロディとしている。「本歌一つを狂歌一つにすることと、物語一巻をパロディ一巻に仕立てることとは、手間の違いだけしか差はない」という文章からは、『偽紫田舎源氏』などのもじり以外のパロディも眼中に無いことがわかり、日本においてパロディの定義は全くもって確立されていないことがわかる。

野田寿雄『日本近世小説史　仮名草子編』[9]の「第二章第二節　作品論　一　古典模倣の文学」では、パロディという言葉は使われていない。古典模倣とは「古典の文体や世界をそのまま再現するわけではなく、その形式を模倣しながら近世風にもじるというもの」である。ここで取上げられるのは、『枕草子』、『伊勢物語』のもじり文学である『犬枕』『尤の双紙』、『仁勢物語』である。野田氏は、もじり文学に必要な三要素として「読者が原文を知っていること」「原文と比較しておもしろく変える」「変え方の意図が新時代色をもつ」としている。やはり、〈もじり〉と〈面白さ〉に縛られている。

谷脇理史「日本文学のパロディー　仮名草子・浮世草子を中心に」[10]では、「近世の始発期から一八六〇年代頃までの散文系作品、すなわち仮名草子から初期の浮世草子までの若干の作品を取上げてパロディーの様相を具体的に見ていくこととしたい」という前置きの後、〈もじり〉作品を挙げて、「雅→俗、俗→雅、時にその折衷、といった方向で、と同時にそのパロディー化のレベルを異にしながら、パロディーは、笑いを生むために、たえず有効な方法として利用されつづけている」という結論を出す。

以上のように、〈パロディー〉という語の付く論文では、大抵が〈近世もじり文学〉を取上げている。ここで『偽紫田舎源氏』などが取上げられないことを考えると、近世文学におけるパロディは文章としての関係性の緊密さ（逐語的パロディなど）に限られていると言えるかもしれない。『偽紫田舎源氏』他の『源氏物語』のパロディは一般的に〈翻案〉として捉えられている

(『洒落本草双紙集』改題　など)ようである。

では、現在の世界ではパロディはどのように捉えられているのであろうか。新たな視点を得て、日本のパロディを再考してみたい。

ポストモダンにおけるパロディの定義の拡大

現代的視点をもったパロディ研究において理論的によく引用されるのは、マーガレット・ローズの「パロディの定義」[11]であり、リンダ・ハッチオンの『パロディの理論』[12]である。「パロディの定義」は、主に文学においてパロディの歴史的変遷を研究した論文で、その解釈的側面(滑稽な効果・不一致・両面性)と読者論的側面(受容・作者および読者としてのパロディスト)に言及している。ローズにおけるパロディ理論で重要なのは、「不一致」という概念、「理想と現実、高尚と低俗との古い区別に固執するのはやめ、むしろどんなタイプのものであれ不一致—テクスト間の不同性であれ時代錯誤的な類似性であれ—を認知することからパロディの滑稽な効果は生じるのだ」と考えた点である。論文中でローズは、「滑稽な要素は古典的批評における一効果であると常々言われていることでもあり、またこの効果が作品自体の構造と混同されるようになったのも、たかだか近代にはいってからにすぎないのである。この両者の相違を認めさえすれば、読者に及ぼすパロディの効果(滑稽なものであれ、驚きの感覚を与えるものであれ、ショックを与えるものであれ)を作品全体の記述から排除することは必要がなくなる」と、パロディ研究において「滑稽な効果をもつ」ことを排除しようとする説を断じている。

リンダ・ハッチオン『パロディの理論』は、文学以外のメディアも含んだ論文で、主にパロディとアイロニーの関係を論じている。ハッチオンの定義に依ればパロディとは「皮肉な『文脈横断』と転倒を用いた、差異を持った反復」であり、「背景となるパロディ化されるテクストと新作品との間には批評的距離が、通常アイロニーにより示される距離がある」とされる。このアイロニーは「破壊的であるだけでなく、建設的な批評」でもあり、アイロニーの楽しみはユーモアよりも「共謀したり距離をとったりの相互テクスト的な『跳躍』に読者がどれくらい参加するか」によるのである。

例えば、三浦俊彦「二十世紀文化にとってパロディーとは何だったか[13]」においては、パロディの定義を考えようとした時、「パロディーとは『批評的距離をもって先行作品を反復するもの』という簡潔な定義（リンダ・ハッチオン）に暫定的にしたがえば」という前置きにより、「批評的距離」の有無によって、原作とパロディの意味論的なレベルを計ろうとしている。この意味論的なレベルとは、「作品AがBをパロディー化することによって、ちょうど、Bがその題材に対して持つ関係と同等な関係を、AはBに対して持つことになる。直観的に言って、AはBの二倍濃厚な『作品性』を帯びる。つまりそれだけ『洗練されて』いることになる」と説明されている。「批評的距離」により、模倣・アレンジ・外挿はメタレベルの上昇はなく、引用・指示・言及は「他の作品の中における原典の機能、役割を表層化する作業」として高レベルになる。このように、理論的な面としては、喜劇的な面だけでなく、ハッチオンの理論である「批評的距離」

が引用されている。

ポストモダンとパロディ理論

ハッチオンの前掲論文における「彼女（ローズ―筆者註）は喜劇的効果にもこだわっているが、これもまた全面的には受け容れられない。批評的距離を保った反復というもっと無色の定義のほうが、現代のパロディ作品における意図や効果の広がりを思えば適切であろう」という反論は、一九八三年に発表されたフレドリック・ジェイムソンの「ポストモダニズムと消費社会」[14]と、一九八二年に発表されたジェラール・ジュネットの『パランプセスト　第二次の文学』[15]という二つの論文によって生み出されたものだと考えられる。

『現代文学・文化批評用語辞典』[16]のパスティーシュの項では、「パスティーシュという概念は、パロディに見られる喜劇的乖離の感覚を伴わない様々なスタイルの模倣を指す」とあるように、パロディには喜劇的乖離があることが前提とされている。この喜劇的乖離から分けられているのが、パスティーシュであるが、これはフレドリック・ジェイムソンの「ポストモダニズムと消費社会」によって確立普及した概念である。前掲の辞典の説明を要約すると、パロディでは明確な個人的スタイルを模倣することができたが、社会生活の断片化により、確固たる参照点や正常と言う概念がなくなり、パロディが不可能となり、非パロディ、すなわちパスティーシュという新しい様式が占める、とされている。

パスティーシュがポストモダンによって普及したことは別として、パスティーシュ自体は昔から存在していた。ただ、当時のパスティーシュは、マーガレット・ローズが「パロディの定義」で語源から定義しているように「〈パスティッシュ〉もまた、必ずしも〈騙り〉の意図を持つものとされているわけではないが、これまで文学的偽作の一タイプと説明されてきた。この用語は、美術用語の'pasticcioanalogen'（〈類推的混成品〉）に由来することばであり、いくつかの作品からのモチーフの寄せ集めを意味する。この用語には、パロディに典型的なズレ、すなわちパロディ作品に見出されるテクストの批判的機能転換を示唆するものはほとんどない」と、参照点を失ったという、原典と模倣作品との間の関係性ではなく、古来からの批判的機能転換という模倣の効果としての意味付けを行っている。

ローズにおいては、喜劇的効果をもつパロディと、批判的機能転換をもたないパスティッシュは効果の点で区別される。ジェイムソンにおいては、「すべてのモダニズムにおいて偉大な実践者たちは、何らかの意味で明確な個人的スタイルの創造者であった」ので一つの参照点となり得たし、その参照点を〈聖〉として、パロディを〈俗〉と考え喜劇的乖離を発生させることができた。しかし、ジェイムソンのパスティーシュの定義を考えると、参照点が無くなった時、〈聖〉を基準として〈俗〉を見るのではなく、ただ二つの作品を〈距離〉や〈ずれ〉として見ることしかできないのである。ハッチオンの場合、喜劇性とは関係なく、模倣という方法は批判的距離（この場合、批判的な距離をもっている、と同時に、距離を持つことで批判性が生じるとも捉えられる）を生じると考えているので、現代的な視点を持てば、ジェイムソンによるパスティーシュの解釈も、当然パロディの意味として加えるべきであると考えるのである。

社会変化による原典と模倣の関係の変化という解釈とは異なる方法で、喜劇的乖離のない模倣をパロディに付け加えたのがジェラール・ジュネットの『パランプセスト　第二次の文学』である。ここでは、喜劇性を持たない真面目な模倣もパロディの一部、または並列の関係として位置しているのである。

ジュネットは、超テクスト性を五つに分け①相互テクスト性（引用、剽窃、暗示）②パラテクスト性（表題、後書、註、帯）③メタテクスト性（テクスト的超越性）④イペルテクスト性（二次テクスト）⑤アルシテクスト性（ジャンル）と名付けている。『パランプセスト　第二次の文学』は、この中のイペルテクスト性を研究したものだが、イペルテクスト性とは「あるテクストB（これをイペルテクスト（上層テクスト（hypertext：変形を行っている後続テクスト―筆者註）と呼ぼう）を、註釈のそれではない仕方でそれが接木されるところの先行するテクストA（もちろんこれをイポテクスト（下層テクスト（hypotext：変形される先行テクスト―筆者註）と呼ぶことにする）に結び付けるあらゆる関係なのである」と説明される。この説明から判るように、イペルテクスト性は、原典から横に伸びても縦に伸びても良い、そこから発展している（引用など、同質のものは接木とは言えない）ものである。言い換えれば、イペルテクスト性に必要なのは、原典を出発点とした関係性のみを条件としているわけで、ここには結果としての批判性や喜劇性は条件となっていないのである。

イペルテクスト性の分類として、ジュネットは、まず初めに構造的機能（原典との関係性）を

表1のようにまとめている。

表1　変形と模倣の構造的関係

イポテクストとの関係	ジャンル	機能
模倣	**パスティシュ** 風刺機能を欠いた文体模倣	非風刺的 （「パスティシュ」）
模倣	**風刺** 風刺的パスティシュ	風刺 （「パロディ」）
変形	**戯作** 品位を低下させる機能をもった文体上の変形	
変形	**パロディ** 最小限の変形を伴ったテクストの逸脱	

構造的機能の「変形」と「模倣」についてジュネットは「パロディと戯作はテクストを変形させるのに対し、風刺的パスティシュは（あらゆるパスティシュと同様）文体を模倣するのであ

る」と説明している。ここでは、ジャンルは、パロディ、戯作、諷刺、パスティシュの四つである。ジュネットは出来るだけ機能的な分類を避けたいと考えているのだが、イペルテクスト性という点で集められたこの四つのジャンルは、機能でしか分類出来ないとして、新たな機能を加えることで、イペルテクスト性の分類をより詳細に行った。

ジュネットが検討した結果『パランプセスト』において、標準となる分類は表2となる。

表2　イペルテクスト的実践の総合的一覧表

関係／機能	変　形	模　倣
真面目	**転移**	**偽作**
風刺的	**戯作**	**風刺**
非風刺的	**パロディ**	**パスティシュ**

＊非風刺的＝遊戯的（純粋な楽しみ、攻撃やからかいの意味はもたない）

ここで注意すべきは、機能が、読者による解釈としての意味ではなく、イペルテクスト（原典）に対するイポテクストの機能だということである。ハッチオンも『パロディの理論』において指摘しているのだが、ジュネットは『パランプセスト　第二次の文学』において、読者の解釈行為を拒絶し、「もっと意識的で組織化された意図／解釈論（作者・作品の意図を状況・文脈に応じてどう解釈するかという関係）を望んでいる」のである。そこでハッチオンは、「私の定義はさまざまな精神態度を対象とするものだから真面目であるか否かといった点だけでパロディとパスティーシュを区別するのは不可能であろう。そうではなく、モデル作品との関係において、パロディの場合は差異を追求し、パスティーシュは類似や照応を強調するように私には思える。ジュネットの用語で言うと、パロディは他のテクストとの関係が変形的であり、パスティーシュは模倣的である」と説明している。

日本のパロディ研究の領域は、ポストモダンのパロディ理論にとっては狭過ぎるのではないだろうか。構造的には、〈もじり〉または〈翻案〉、解釈的には〈滑稽〉〈諷刺〉だけではなく、模倣という方法をとった作品を考えた場合、今までのパロディ研究とは異なる、ジュネットにいわせればパロディの真面目な側面も現われてくるのではないだろうか。

偽書というジャンル

偽書は辞書[17]によると「①（筆跡について）にせ書き。偽筆。②（文書について）本物に似せて書いた書籍や手紙」とある。ちなみに、偽作は「①他人の作品に似せて作ること。また、その作品。贋作。②【法】他人の著作権をおかすこと」となっている。さて、この偽書と偽作①の説明をパロディと考えることに問題はあるのだろうか。

日本の偽書を集めた『日本古典偽書叢刊　第二巻[18]』には、偽書として、他作品から個人的な文体を抽出し架空の物語を書いた『管家須磨記』や『清少納言松島日記』や、他人が『源氏物語』の続編を書いた『山路の露』や『雲隠六帖』が載せられている。

『日本古典偽書叢刊行第二巻』の解説、千本英史「偽書の愉しみ」では、小宮山綵介の『偽書考草案』（一八五二年）と、同時期に刊行された速水行道の『偽書叢』について書かれている。この二作品は、当時の偽書全般をリストアップし先行研究を付したものであり、千本氏はこの二作品に「ともに近代日本が成立する過程において、偽書と『正典』とを峻別し、新しい国民国家の『歴史』を必要とするところから生まれた作品」と評価している。

日本においては、真面目なパロディは偽書として扱われ、それらは幕末に正典と区別され〈贋物〉として闇に葬られたと言える。それは、前にも述べたように、近世において認められるものが、もじりや翻案のように原典とは明らかに別物であり、〈滑稽〉な効果を持つものに限られていたからであり、現在においてもこの基準がパロディの歴史的研究において認められているからである。もしも、偽書や偽作をパロディの研究範囲とするならば、より総括的に模倣という方法を考えることができるのではないだろうか。例えば、本居宣長が『玉勝間』において『清少納言松島日記』を取上げ「はやくいみしき偽書にて、むげにつたなく見どころなき物也（略）おほくのいとまをいれ、心をもくだきて、よの人をまどはさんとするは、いかなるたぶれ心にかあらむ」と書きながら、一方で『手枕』において、『源氏物語』で描かれなかった光源氏と六条御息所の出会いから接近する場面を〈創作〉した矛盾を、模倣という観点から考えることは非常に興味深いように思う。

私がこれから分析しようとしている〈続編〉は、原典作者の個人文体の継承（もじりではない）、原典作品の設定の継承（翻案ではない）という点から考えれば、日本文学の歴史上、偽書や偽作に近い位置にあるといえる。

ポストモダンからパロディを再考する

日本の〈真面目〉なパロディが問題となったのは、おそらく水村美苗の『続明暗』の発表に発端がある。一九九〇年に初版を刊行したこの作品は、夏目漱石の文体の巧妙な文体模写と、未完であった『明暗』の続篇を書いたという二点において話題になったのだが、もう一つ重要な点は、『続明暗』には、原典に含まれる喜劇という意味での喜劇性は存在するが、パロディにおける滑稽化という意味での喜劇性が見られないということである。もしこれが、雅→俗のように、または明治→平成のように、過剰化を行っていたならば、これ程話題にはならなかったであろう。〈真面目〉なパロディは、〈真面目〉であるが故に、原典である『明暗』の一次テクストとしての独立性や独自性をもつとされる参照点としての存在を不安定にさせる力を持つのである。

今までの日本文学において容認されてきたパロディは、原典との差異を〈滑稽〉〈諧謔〉〈批評性〉を持たなければ表せないという前提に立って、それらを持つものとされてきた。しかし、現在では、結果としてどのような効果をもたらそうとも、イペルテクスト的関係性である模倣を行うこと自体が原典との差異を表すものであるとされるので、模倣という立場から近世以前のパロディとしての偽作とされる続編、そしてそこから連なる近世以降の続編を考える必要があるのではないだろうか。

二、近現代の続編と作品結末の終結感

未完小説の諸相

この論文で取り上げる作品は、一次テクストと二次テクストの作者が異なる続編であるが、調べてみるとこのような作品が文学作品として残っている例は多くない。もちろん、パロディとして、設定、登場人物、文体などを変えている作品は多く存在するが、〈続編〉という名の下に、一次テクストを引き継ぐ意識のある二次テクストの作者が書いた近現代の作品は、私の調査では、古くは尾崎紅葉の『金色夜叉』、最近では久生十蘭の『肌色の月』[19]くらいではないかと思われる。この『肌色の月』は、作者の急逝によって、その妻が書き継いだもので、『久生十蘭全集』にはその経緯が語られているが、このような理由でなければ続編が書かれることはなかったであろう。

座談会「未完小説をめぐって」(石原千秋・久保田淳・十川信介、長島弘明)[20]において、十川氏が未完作品の原因における分類を行っている。そこでは、「一般に未完の小説には、近代文学

では二種類の原因が考えられます。一つは作者が死去してしまって、執筆不能になった場合。もう一つは、作者が生存中に小説執筆を中断して、そのまま書かなかった場合」に分けられる。作者による執筆中断は、「作家の意図の行きづまりや構想の変化」、「当局の干渉」による中断、読者の作家に対する要望を受けた「新聞社とか雑誌社が、評判を気にして圧力をかけてくる」ための中断、「資料が不足なため」の中断、の四つに分けられている。

また、なぜ未完の小説が生れるのかという理由に、上記座談会では、二つの理由が挙げられる。一つは日本人の物語の受容の歴史である。『源氏物語』の結末は、それまでの大団円的な結末をもつ物語とは異なり、結末があやふやだがそれを含めて物語として完結しているという〈未完の完結性〉という意識を、日本人の小説観に加えた、としている。『源氏物語』がこのような結末の最初であったから、それまでの物語のように大団円の結末を補完するため、『山路の露』や『雲隠十帖』が生れるが、読者としては〈未完の完結性〉を受け入れるようになる。久保田氏は「『源氏』はあの時点においては非常に新しい方法だったと思うのです。あとの擬古物語は、みんな『源氏』を真似していくといいますよね。真似していくんだろうけれども、その点では真似できてないのじゃないか。(略)やっぱり結末をつけたいという要求は、読者にも、物語作者にも本来あるのじゃいかという気がするんです」と述べている。『源氏物語』の未完の完結が一つの頂点としてあり、それにより日本人は〈未完の完結性〉を受容するが、意図的にそこへ向おうとすると上手くいかず、また、読者も未完の作品性を認めながら、物語としての完結性を求める心理が働いているのである。

二つ目は、メディアの問題である。江戸時代から長編小説は長い時間をかけて連載されており、近現代小説においては、新聞や雑誌の連載という形式をとることで、一度世に出てしまった物語が、何らかの原因で明確な完結をもたずに終わることがある。また、〈未完の完結性〉の受容とも関わるが、歌舞伎などが長い物語の一場面を上演することで成り立ち、教科書には長編小説の一部分が掲載されるなどということが日本の文化では認められており、切り取って一部を鑑賞することに慣れているということが挙げられている。ある物語が未完の結末を迎えても、一応の完結性をもっていれば、大きな物語の一部として受容できるのである。

十川氏は「物語の根本的な動因は、何らかの価値観の越境でしょうから、越境して、その結果がどうなるかということが書かれていないのは、未完の感じをあたえるのではないかと思うのですが。だからこれほど未完やそれに類する物語が多いということは、ストーリーの終わり以外に、何か終わり方のコードがあるのかもしれない」と問うている。それに対して石原氏は「近代小説のほうで考えてみますと、『終わりの美学』の中でも、終わりというものがあったときに、読者のレベルによって、あるいは読み方の違いによって、それが未完に見えたり、あるいは完結に見えたりするということがあるといわれています」として、夏目漱石の『それから』を挙げ、「タイトルと合わせてストーリー上は未完の感じを与えることになる。ところが、イメージ構成上の問題でいけば、これは見事に完結した小説だというふうに考えられます」としている。日本文学において、〈完結性〉はテクスト内の「越境」の着地点というように明確なものではなく、各読者による観点に委ねられている。文学研究においてもそのように考えられているので、〈未完の完結性〉はそのまま作品の評価に加えられてしまうのである。

石原氏の発言にある『終わりの美学』[21]とは座談会の三年ほど前に発行された、「国文学研究資料館共同研究報告書『日本文学の特質』2」という論文集で、当時スタンフォード大学で比較文学を教えていた上田真氏を中心に、日本文学の終結について書かれている。上記座談会と重なる部分も多いが、『終わりの美学』の中から少し付け加えたい。

三好行雄「小説の終結の論理――日本の近代文学における、もうひとつの形――」[22]において、三好氏は日本文学の終結が弱い理由として、「連載」という発表形式と「私小説の問題」を挙げている。「小説の終結というテーマに即していえば、日常の再構成もしくは選択という形での細部の虚構をふまえながら、私小説の原則が事件（事象）のコンテキストを作家の実生活に仰ぐところにあったかぎり、小説の終結もまた、実生活の脈絡によって与えられることになる」として、島崎藤村を例として、現実世界を描写することで物語の結末を予測できない私小説の形式が、小説の終結を弱めているとしているという論を実証している。物語の終結感がありすぎると、作り物めいて見え、私小説としての真実らしさが損なわれるということもあろう。

『源氏物語』から始まる未完の結末は、連載という発表形式が日本に定着したことや、私小説の隆盛を理由に、余情を残すという日本人の文学観を作り上げた。もちろんこれには、和歌や俳句などの韻文のもつ日本独特の余情からも影響を受けている。これらの〈日本独特の弱い終結感〉に対して、西洋における文学の結末の研究を応用できるのではないかと考えたのが、上田真氏である。

終結の分類

『終わりの美学』における、上田真「文学研究における終結の問題」[23]では、西洋の終結研究の方法として、バーバラ・ハーンスタイン・スミス『詩の結末』（一九六八年）、マリアンナ・トーゴヴニック『小説の結末』（一九八一年）、ジョン・ガーラック『結末へ向けて』（一九八五年）の三冊を挙げている。スミスの『詩の結末』は、題名の通り詩というジャンルに限っているので取り上げないが、トーゴヴニック、ガーラックは、結末を五つに分類している。上田氏の論文より、それらを要約すると、以下のようになる。

トーゴヴニック『小説の結末』

①環状終結……作品の末尾がその起首と呼応して、全体からみると大きく円を描いている場合

②平行終結……末尾の部分が書き出しだけでなく、小説の中途のあちこちの部分と呼応している場合

③不完全終結…小説を終えるのに必要な要素が一つまたはそれ以上欠けている場合

④切線終結……小説が終わりに近づいたところへ新しい人物やテーマが出て来る場合

⑤接続終結……作品の末尾に新しい小説へ続く明らかな意思表示がある場合

ガーラック『結末へ向けて』
①問題解決……小説の中心テーマとして提起された問題が、末尾において解決される
②自然終結……死、眠り、至福感など人間活動の「自然な終わり」を画する
③対立物への到達…出発点から判然と異なった到達点へ小説が進行し、そこで終わる
④教訓の顕示…物語の末尾にエピグラム的な教訓が入れてある
⑤間隔設置……小説の末尾で、時間が未来へ飛んで「後日談」になったり、語り手が変わったりする場合

両者の研究対象により、トーゴヴニックは弱い終結の分類、ガーラックは一般的な終結の分類を行っているのだが、本書で取り上げる、夏目漱石の三作品は、どの分類に当てはまるのだろうか。『吾輩は猫である』は、猫の死を結末とするとガーラックの②自然終結であり、『虞美人草』も藤尾の死から時間を隔てた終結と考えるとガーラックの⑤間隔設置といえる。『明暗』は作者の死による未完なので分類はできない。こう考えると、『明暗』以外は、終結感の弱い物語ではない。しかし、続編が書き継がれるということを考えると、続編と終結感は余り関係がないのかとも思われる。しかし、『吾輩は猫である』において、猫は本当に死んだのか。視点が猫から離れないことにより客観的に猫の死は語られていない。本当に物語を終結させるのならば、猫の死は他者から語られねばならない。また、『虞美人草』においては、第三章を読んでもらえばわか

るのだが、終結感の強さに束縛されない続編の書き方をしている。

では、二次テクストである続編の終結はどうでろうか。そこには驚くほど終結感がないのである。詳しくは次章以降に述べるが、一次テクストよりも二次テクストのほうが終結を拒んでいるようにも見える。続編を書く作者の心情とは、〈物語を完結させたい〉というものと〈物語が永遠に続いて欲しい〉というもの、そして漱石よりも強く〈日本文学の特徴としての終結感の弱さ〉の影響を受けているのではないかとも思われるのである。

注

（1）水村美苗『続明暗』（筑摩書房、一九九〇年二月）
（2）奥泉光『「吾輩は猫である」殺人事件』（新潮社、一九九六年一月）
（3）『日本国語大辞典』（小学館、平成十四年十二月）
（4）今栄蔵「パロディの世紀――十七世紀日本文学の一側面」（『大谷女子大国文』第二号、昭和四十七年二月）
（5）川名大「本歌取り／パロディー　パロディーの毒をこそ」（『俳句世界6　パロディーの世紀』雄山閣出版、平成九年十月）
（6）『広辞苑』第五版（岩波書店、平成十年十一月）
（7）「特集　本歌取りvsパロディー」（『俳句世界6　パロディーの世紀』雄山閣出版、平成九年十月）

(8)富士正晴『パロディの精神』(平凡社、一九七四年)
(9)野田寿雄『日本近世小説史　仮名草子編』(勉誠社、一九八六年二月)
(10)谷脇理史「日本文学のパロディー　仮名草子・浮世草子を中心に」(『俳句世界6　パロディーの世紀』雄山閣出版、平成九年十月)
(11)マーガレット・ローズ「パロディの定義」(オーストラリア国立大学人文科学研究所セミナー発表、一九七六年)(島岡将訳『パロディのしくみ』、鳳書房、平成元年)
(12)リンダ・ハッチオン『パロディの理論』(初出・一九八五年)(辻麻子訳、未來社、平成五年三月)
(13)三浦俊彦「二十世紀文化にとってパロディーとは何だったか」(『俳句世界6　パロディーの世紀』雄山閣出版、平成九年十月)
(14)フレドリック・ジェイムソン「ポストモダニズムと消費社会」(初出・一九八三年)(『反美学――ポストモダンの諸相』勁草書房、昭和六十二年四月)
(15)ジェラール・ジュネット『パランプセスト　第二次の文学』(和泉涼一訳、水声社、平成七年八月)
(16)ジョゼフ・チルダーズ他編『コロンビア大学　現代文学・文化批評用語辞典』(松柏社、平成十年)
(17)松村明他編『旺文社　国語辞典　第八版』(旺文社、平成四年十月)
(18)千本英史編『日本古典偽書叢刊第二巻』(現代思潮新社、平成十六年八月)
(19)久生十蘭「肌色の月」(『久生十蘭全集』六巻、三一書房、昭和四十五年四月)
(20)座談会「未完小説をめぐって」(石原千秋・久保田淳・十川信介・長島弘明)(『文学』四巻四号・平成五年秋号、岩波書店)
(21)上田真他編『終わりの美学――日本文学における終結――』(明治書院、平成二年三月)
(22)三好行雄「小説の終結の論理――日本の近代文学における、もうひとつの形――」(上田真他編『終わりの美学――日本文学における終結――』明治書院、平成二年三月)
(23)上田真「文学研究における終結の問題」(上田真他編『終わりの美学――日本文学における終結――』明治書院、平成二年三月)

第二章　吾輩は猫である

一節　三四郎『それからの漱石の猫』

一、作者三四郎について

三四郎の作品

三四郎、という名はペンネームだと思われる。三四郎は、現在国会図書館で閲覧可能な作品として四つの作品を書いている。大正九年二月刊行の『それからの漱石の猫』[1]、同年五月刊行の『皮肉社会見物』、同年十月刊行の『漱石傑作坊ちゃんの其の後』、大正十三年十二月刊行の『漱石傑作虞美人草後篇』、そして『皮肉社会見物』の再版である『街頭警語』が大正十五年六月に刊行されている。実質的な執筆期間は大正九年から大正十三年までの四年間と思われる。

四作品のうち三作品が大正九年に刊行されているのは『それからの漱石の猫』『皮肉社会見物』がそれまでに書き溜めていたものであるという理由からである。『それからの漱石の猫』の「はしがき」において三四郎は、漱石が生存中に『それからの漱石の猫』の第一稿を書いたが、漱石の死により破り捨て、その後第二稿を書き破り、第三稿を書いた後出版した、としている。また『皮肉社会見物』の「巻頭に」では、「その時の眼に、その時の耳に、その時の鼻に、その時の心に触れたあらゆるものを、その時の感じによつて筆を執つたものの総締が本書である。故に本書は決して一夜漬ではない」と書いている。これらにより、実質的に大正九年に執筆された作品は『漱石傑作坊ちゃんの其の後』のみと予想できる。

『漱石傑作坊ちゃんの其の後』の「はしがき」において、

漱石先生の「吾輩は猫である」の猫を甕の中で殺して了ふのと、向こふ見ずの「坊ちゃん」を、街鉄の技手のまゝうつちやつて置くのとは、惜しいと思ふことの二つであつた。

そこで、先づ「それからの漱石の猫」を公にしたところが、幸ひに好評を得て、数ヶ月を経たぬ今日、既に十二版を重ぬるに至つたのは、著者の大なる光栄とするところである。

今、此の「坊ちゃんの其の後」を公にするのは、それがために図に乗つた訳では決してない。只だ久しい以前から考へてゐた二つのことの残る一つを実行したまでのことに過ぎないのである。

と書いていることから、三四郎は『漱石傑作坊ちゃんの其の後』もかなり以前から構想着手していたと考えられる。ここで「以前から考へてゐた二つのこと」が公になり終了しているので、『漱石傑作虞美人草後篇』が大正九年十月以降構想され四年の歳月をかけて刊行されたということは、三四郎の制作方法は、一つの作品にかなり時間をかけるスタイルだと推定することができる。

三四郎の作品は全て日本書院という出版社から刊行されている。日本書院は、福田滋次郎が明治三五年（一九〇二年）に創立した晴光館という出版社を、大正元年に改称した名である。『出版文化人名事典　第4巻』[2]によると、福田滋次郎は「東京書籍商組合評議員、東京雑誌販売業組合幹事等の要職」を歴任し、「内外の信望極めて厚し、忠君愛国、勤勉努力をモットーとし、芝居相撲、義太夫、旅行、文学等多方面に趣味を持ち、能文家なる氏は自著数点を有す」とある。

漱石との関係

三四郎の著作は『皮肉社会見物』以外、漱石の続編である。『それからの漱石の猫』の「はしがき」において三四郎は、

彼の猫を生かし度いと思つた事は、即ち『吾輩は猫である』の後編が欲しいといふ事である。それで何時だつたかせんせいに会つた時『彼の猫を甕の中で殺さないで、

もう一度お生かしになつては如何です』と言つた事がある。その時先生は、例の先生一流の微笑を洩らされたのみで、何とも言はれ無かつた。蓋し彼の猫を生かすといふ事は、先生としては出来なかつたといふ事は誰が考へても分る事である。（略）私は彼の猫に九死に一生を得させた。甕から出して生かして見た。そして其の稿を先生に見て戴かうと、幾度懐中にして出掛けたか知れ無い。けれども何となくおこがましい様な気がして、何時も懐中にした儘帰つた。

　斯うして躊躇して、折角生かした猫を先生に見参せしめ無いうちに、悲しいかな先生は永眠された。

と書いている。この「はしがき」においては、漱石との面識があるように書かれているが、実際どうであったかは推測できない。

　また『虞美人草後篇』の「はしがき」においては、「（略）続き合ひ上多少改めたところがあるのは、何れ地下で、氏に拝眉の節お詫びしようと思つてゐる」とある。漱石の敬称が「先生」から「氏」へ変化したことには、何か理由がある様にも考えられる。

　『それからの漱石の猫』中扉の次の頁に「長き夜や障子にうつる　猫の髭　漱石」という俳句があるが、私の調査では、漱石にはこのような俳句はない。この他、『皮肉社会見物』の中扉の次の頁には、

文明の畑毒草の花ざかり　三四郎
肝腎の幹枯らしけり蔦かづら　三四郎
能もなき渋柿どもや門の内　漱石
本来の面目躍如雪達磨　漱石

と俳句が並べられ、その下に三四郎が寝転んでいる挿絵があり「三四郎画」と記されている。ここに挙げられた漱石の俳句は共に存在し、「本来の面目躍如雪達磨」が『承露盤』に掲載された明治二十八年作の俳句、「能もなき渋柿共や門の内」が同じく『承露盤』に掲載された明治三十一年作の俳句である。『漱石傑作坊ちゃんの其の後』には俳句の掲載はなく、『漱石傑作虞美人草後篇』には中扉の次の頁に「やり羽子や君稚子髷の黒目勝　漱石」と載せられている。

『それからの漱石の猫』には作中の会話で苦沙弥が「『蓑蟲の秋ひだるしと鳴くなめり。と云ふ蕪村の句がある。それから子規の句に、蓑蟲の父よと鳴きて母もなし。と云ふのがある。』」と言う場面がある。この「蓑蟲の秋ひだるしと鳴くなめり」は、『蕪村全集』(3)で確認したところ、「みのむしや秋ひだるしと鳴なめり」「みのむしの秋ひだるしと啼音哉」という二句が併記されているので、『それからの漱石の猫』では、この二句が合体していると考えられる。「蓑蟲の父よと鳴きて母もなし」は、『子規全集』(4)には掲載されておらず、『定本　高濱虛子全集』(5)に高浜虚子が明治三二年九月十日根岸庵例会において発表した句「蓑蟲の父よと鳴きて母もなし」として存在した。このような間違いから考えて、三四郎は『それからの漱石の猫』を書いた時、何度も書き直したと述べていたのに、それほど下調べや事後調査をしなかったものと思われる。この辺りの矛盾からも「はしがき」の信憑性には疑いを持たざるをえない。

二、あらすじ

『それからの漱石の猫』は、主人公の猫が甕に落ちる前から始まる。『吾輩は猫である』の冒頭と重なるのだが、文章は三四郎によって変更されている。以下、あらすじを記す。

「吾輩」は、多田羅三平が飲み残したビールを飲み、甕に落ちるが、死生を彷徨い、どうにか甕から這い上がる。濡れた体を乾かす為に、女中のおさんの蒲団にもぐりこむ。おさんの寝相の悪さに、「皮剥ぎにせしめられるのよりも気が利かぬ」(『それからの漱石の猫』第二章。以下、章数字のみ表記する)と感じる。甕に落ちたことからか、眼を患い、調子が悪く震えていると、おさんと細君が医者にかけたらどうかと主人に聞いてくれるのだが、主人はいらないとして、「何も猫が死んだからと言つて、葬式を出さなければならぬといふ事もなし」(二)という。

三平君が来て、「吾輩」の調子の悪いのを見て、主人に医者にかけた方がよいと言う。しかし、主人は猫を医者にかけたいのだが、妻が「猫なんか医者にみせたつてつまらない」(三)と言うのだと、答える。細君が帰宅し、主人の嘘がばれるが、主人と三平の会話は猫には戻らず、庭の梅と蓑虫で句を詠みだす。猫は目を悪くし、食欲もなく痩せ、汚いので家から追い出される。台所の前で泣いていると、大きな斑猫が現れ、斑は教師をばかだと言い、主人にすがるしかない猫をばかにし、最後にどうにかなるから野良になれと言って去る。猫は、逡巡し、野良になる覚悟をする。

ある町にやってきた猫は、三軒長屋の真ん中の家に入る。家の中には、夫婦喧嘩をしている四十歳前後の主人と二、三の細君がおり、喧嘩の拍子に細君に飼われることになるが、一週間程して主人に横丁に捨てられる。横丁にある高利貸の吉田という屋敷に入り、そこで、吉田の娘に気に入られ、飼われることになる。

吉田は貸家を沢山持つ高利貸しだが、周りの人間には影で〈金の鬼〉と言われている。吉田の家では、金銭の喧嘩ばかりしており、長男は影で悪口を言われる高利貸しは嫌だと考えている。苦沙弥の家を出されて一年後の秋、金の問題についての言い争いや、長男のカフェ通いなど、吉田の家に愛想が尽きた頃、長屋の飼い猫時代の主人が吉田に利息の二重取りをされ、怒りに任せて猫を盗み、裏道に放り投げた。

長屋の汚い子供たちにとらえられ、どぶに捨てられ殺されそうになったとき、男に助けられる。男は、猫を連れて電車に乗り、マナーについて文句を言っていると、知り合いが乗ってきたらしく「先生」と呼ばれる。その「先生」の家で飼われるようになるが、先生は、ばあやとの二人暮らしで物書きらしい。先生の所に書生が来て、鳥の話や、恋愛話をする。三、四日後また来て、真実の愛を知らせるために小指を切って女に送ると言うが、先生に止められる。編集者の朝雪君や廃兵後援会の押し売りが来て、賑やかである。

先生の家も飽きたので出ようかとブラブラしていると、葬式に出くわし恐ろしい話を聞く。家を出ると、毛並みのいい黒い飼い猫にあい、かつての斑のように家出を勧める。ゴミをあさり、人の家の喧嘩を聞いたりしていると、知らない女に捕まり袋に入れられる。

三、冒頭

三四郎『それからの漱石の猫』（以後、二次テクストとする）の文体模倣としての特徴は、一次テクストである漱石の書いた『吾輩は猫である』（以後、一次テクストとする）の終結部分の少し手前、猫が麦酒を飲む場面から始まることである。後の章で紹介する一次テクストの続編作品は、二作品とも猫が甕から脱出した後から始まる物語である。しかし、三四郎の『それからの漱石の猫』は、一次テクストに書かれている場面から始まるので、一次テクストと同じ内容を三四郎がどのように書くのか、という点が問題となる。このように、一次テクストにある部分から続編を始める場合、①一次テクストをそのまま利用する、②一次テクストの内容を自己の書く続編作品へとスムーズに繋がるよう加工し、一次テクスト作者の文体模写を行う、という二つの方法がある。

①の方法は、一次テクストと続編作品との関係が非常に密接になるという効果があるが、一次テクストと続編作品冒頭の境目が読者に提示されているので、その繋目を上手く運ばないと一次

テクストとの関係性を破綻させる可能性がある。模倣のお手本となる一次テクストと模倣作品を並置することで、模倣作品の稚拙さが強調され、一次テクストとは似ても似つかないものであると読者に判断されてしまうこともある。しかし、高レベルな模倣を行えば、それはあたかも一次テクストと同一の作者が書いたかのような錯覚を読者に与えることもできるのである。

②の方法は、①に比べればリスクが少ないと言えるだろう。一次テクストとほぼ同様の内容を自己流で書くことによって、読者は一次テクストの内容を思い出すこととなる。しかし逐一、一次テクストと比較されるわけではないので（私のように研究目的であったり、続編作者の粗を探そうと漱石全集を並べて読む人間はこの場合想定していない）、一次テクストとの関係を保ちながら、続編の都合のよいように一次テクストを取捨選択し、文体としても内容としても続編を無理なく読者に理解させるのである。しかし、この方法はインパクトに欠け（漱石の『吾輩は猫である』の読者が、違う作家の本を手にした時、漱石と一語一句同じ文章があったら、それはインパクトがあるだろうと考える）、下手な続編作者ならば、読者にまるで一次テクストの終結部の解説を読んでいるように感じさせる。一言で言えば、小説としての独立性を保っていない、または下手な焼き直しと思わせる可能性がある。

この論文では、①②両方の方法を使用している作品を取り上げるが、三四郎が採用したのは②の方法である。では、実際にその冒頭部を見てみよう。

吾輩は三平が飲み残した洋杯の麦酒を見ると、三平はこれを飲んでさも愉快さうに陽気になつたが妙なものだ。吾輩猫族だつて、飲めば彼麼に愉快になれるのだらうか。物は試しだ。実地に経験した事でなければ徹底した話が出来ない。此処に斯うして飲み残してあるのが何より幸ひだ。一つ飲んで見よう。と、廃せばよいのにちよつと舌をつけて見た。何だか苦いような変な味がする。別に愉快にも陽気にもなれさうもない。尤も一寸舐めた位では幾ら陽気になるものでも駄目だらう。糞、構ふものか。腹の中まで苦くなつたら夫迄の事だ。夫迄の事にせよ其処迄行かなければ他の猫どもに話が出来ない。

（一）

この小説は、主人公であり語り手でもある猫の一人称「吾輩」から始まる。最初の文章は、主語である「吾輩は」が句点の前半にはかかっているが、後半にはかかっていないので奇妙な印象を与える。以降、猫はビールを飲むことになるのだが、一次テクストではその理由として、苦沙弥らの会話を聞いて人生の無常を感じた猫が「気がくさくさして」ビールを飲む、としている。しかし、二次テクストでは、特にそのような説明はしない。

二次テクストは一次テクストの続編であるから、一次テクストを鮮明に記憶している読者は「気がくさくさし」た理由を知っているし、朧に記憶している読者には一次テクスト終結部における猫の無常観が思い出されることだろう。一次テクストの記憶がない読者には二次テクストで、猫族がビールを飲んだら愉快になるか「実地に経験」し「徹底した話」をする、という理由が与えられる。好奇心に駆られるまま「実地に経験」し「徹底した話」をすることが、『吾輩は猫である』という物語の猫の〈語り手〉という役割であるということを、二次テクストの冒頭は明らかにしている。猫は今後もこのような役割を小説内で行うということを宣言しているのである。

二次テクストの冒頭に対応する一次テクストの箇所は以下である。

何だか気がくさくさして来た。三平君のビールでも飲んでちと景気を付けてやらう。（略）コップが盆の上に三つ並んで、その二つに茶色の水が半分程たまつて居る。硝子の中のものは湯でも冷たい気がする。まして夜寒の月影に照らされて、静かに火消壷とならんで居るこの液体の事だから、唇をつけぬ先から既に寒くて飲みたくもない。然しものは試しだ。三平君などはあれを飲んでから、真赤になつて、熱苦しい息遣ひをした。猫だつて飲めば陽気にならん事もあるまい。（略）思ひ切つて飲んでみろと、勢いよく舌を入れてぴちゃぴちゃやつてみると驚いた。何だか舌の先を針でさされた様にぴりりとした。（十一）

一次テクストでは「硝子の中のものは湯でも冷たい気がする。まして夜寒の月影に照らされて、静かに火消壷とならんで居るこの液体」というように、猫の周辺は晩秋の静けさ、冬に向う空気の冷たさが無常観を濃くする。陽気になりたい猫は、それを吹き飛ばすように「ものは試しだ」とビールを飲むのである。この無常観は二次テクストには存在しない。

以上のように、二次テクストの冒頭と一次テクストを比較すると、その印象はまったく異なる。これは、物語の始まりと終わりということが深く関わる。一次テクストの始まりでは、猫は幼くして親兄弟と離されるのだが、苦沙弥家その他様々な人、動物との出会いを繰り返す。『吾輩は猫である』がユーモア小説として捉えられるのはこの部分である。しかし、祭の後が寂しいように、陽気で愉快な世界も終わりが来る。一次テクストは唐突に終る印象が強く、実際漱石も批評により突然終わりにする決心をしたように言われるが、このような中心的事件のない小説は、終結への段取りをせず、物語として突然終わりが来るものではないだろうか。陽気で愉快な世界の中で、ふと無常を感じてしまったその時、もう元の陽気な世界には戻れないことに気づくのである。二次テクストの冒頭は、一次テクストの終結部分をなぞっている。しかし、ここには終わりを感じさせる無常観は消去されている。一次テクストを読んだ読者にとっては物足りないように思うかもしれない。しかし、生まれたばかりの子供が無常観を持ち合わせないように、物語の始まりに無常観は似合わない。特に、これから様々な世界を見聞しようとする猫の物語においては、死を吹き飛ばすほどの生への活力が冒頭に必要になるのではないか。

一次テクストの最後の文章は、二次テクストにも存在する。

「何だ、つまらない。何時までこんな事を続けたところで、上れないものは矢張り上れない。初めから上れないと極つて居ることを、続けてやるのは無駄な努力に過ぎない。もう廃めよう。と、ぢやぶぢやぶも止めればかさかさもやらぬことにした。

有り難いのだか苦しいのだか、一向に見当がつかない。

「吾輩は死ぬ。死んで太平を得る。太平は死ななければ得られない。南無阿弥陀仏、南無阿弥陀仏。有り難い、有り難い……」

斯う観念して見ると、存外死ぬのは楽らしい。（一）

一次テクストの最後の文章は存在するが、それは唐突の感がある。何故なら、死に直面し達観したこの文章が、二次テクストでは死を選ぶことが「無駄な努力」を止めることでしかないという状況で現れるからである。言葉の重みが違うことは、最後の文章でも分る。

この後、猫は走馬灯のように一次テクストでの体験を振り返る。これは同時に、一次テクストの登場人物や名場面の紹介にもなっているので、一次テクストを読んでいない二次テクスト読者に対する説明文である。

胃弱に苦しめられ、それでゐて始終ジャミを舐めて、何かと云ふと直きに甘木先生を聘んで診察て貰ふ吾輩の主人、即ち十年一日の如く中学校に通つてリードルの講義をして居る苦沙弥先生。（略）善く云へば平凡。敢て善く云へばの謙遜的注解を加へずとも慥かに平凡である。平凡は平和を意味し、所謂お人好しを意味して居る。而して此の平和は無能と肩を並べお人好は馬鹿と同一の埒内に置かれてあることを忘れてはならぬ。（一）

というように、猫は苦沙弥、その妻、迷亭、寒月、鼻子、越智東風、独仙、鈴木藤十郎、多々羅三平、車屋の奥さん、黒、三毛子を紹介し、「更らに念頭には浮ばなかつた。此の場合そんなことを思つては居られなかつたのだ。危機存亡を通り越して、今や死なうと観念した時であるから、思へと云はれてもそんなことが思はれる訳のものではない」として、一次テクストの登場人物を思考から排除する。ただ死を前にして、猫は一次テクストの登場人物との関係を排除したのである。そして、猫は水の中へ沈み、蹠が甕の底に当る。その時猫は「遠くなりかけて居た気が急に戻って来た、はつと思つてつんと蹴つた。何もかうしたならば助かると思つた訳でもなければ、助からうと思つた訳でもない。固いものに護謨毬が当つて刎返されるやうに、無意識に蹴つたのだ」。この無意識の判断が、猫を生かすことになる。水際に顔を出した猫は「もう藻掻くのは止めよう、苦しむのは廃さう、死んで太平を得ようと思つて居たにも拘はらず、娑婆の明るみを見た吾輩は急に又助からうと焦慮つた」(一)、「先刻は死んで太平を得る。死ななければ太平は得られない抔と云つては見たものの、要するに一時の痩我慢に過ぎなかつたのだ。成らう事ならどうにかして助かりたい。此の甕の外の娑婆に出たいのである」、「ああ。けれども矢つ張吾輩は死ぬのは厭である。助かりたい助かりたい」と考える。甕の底を蹴った後の猫は、ただもう〈生きたい〉ということだけを考えている。一次テクストの無常観を否定し、決別した場面である。もうこの主人公の猫は、一次テクストの猫ではなく、二次テクストの生を選んだ猫なのである。

四、一次テクストの世界からの離別

猫は甕から這い上がった後、また苦沙弥の元で暮らし始める。しかし、猫は眼を病み、妻君やおさんが医者に見せようというが、苦沙弥は意地を張って猫を医者に見せようとしない。次第に身体も痩せ、毛色も悪くなった猫は苦沙弥の家から追い出されることが多くなる。「花の盛りを訪ふ者は多いが、盛りを過ぎた梢を訪れるものはない。吾輩は気分が勝れないでゐる上に、飯も喰はされず、姿さへ見れば逐ひ出される」（四）という状況である。然し猫は諦めずに家の周りをうろうろとしている。そんな時に、野良猫の斑と出会う。斑は、猫の飼主がリードルの教師だと聞くと「教師見たいな、尻の孔の狭い奴等に飼はれて居て何で旨いものが食へるもんか」、「三宅雪嶺も『世の中』と云ふ書籍の中で『学校の教員は一体に馬鹿者なり』と言つてゐるぢやァねえか」（四）、「まして教師なんかと来た日にや、表面は天下の教育家つてな面をして、鹿爪らしい事を言つてやがるが、其の実言ふ事とする事は裏と表。表と裏程異つてゐるんだ。乃公ァ教育者と言はねえで偽善者と言ひてえ位なんだ」（四）と馬鹿にする。これに対して猫は、家を追い出されているにも拘らず、「併し吾輩がこれ迄主人と崇めて居た教師を捉へて、正に一山一銭の腐り林檎程の値打も無い様に罵られては少少むかつ腹たらざるを得ない。自分が嫌つて居る者を他人が罵るのを聞くのは愉快だが、自分が崇拝とまでは行かなくとも、苟くも自分の虫の好みに幾らかでも適して居る者の悪口を聞くと云ふのは非常に不愉快なものだ」と、苦沙弥に対する親愛を心中で語る。一次テクストにおいても、猫の思考発達はその多くが苦沙弥の家に飼われているという環境によって成り立っている。一次テクストで「然し実際はうちのものがいふ様な勤勉家ではない。吾輩は時々忍び足に彼の書斎を覗いて見るが、彼はよく昼寝をして居る事がある」（一）と苦沙弥の生活を語る猫だが、生まれてからほとんどの時間を苦沙弥の家で過ごしている猫にとって、苦沙弥は絶対的存在であることは確かであり、苦沙弥の家のある町内が猫の全世界であることも確かなことである。

三四郎はこの点を、一次テクストから二次テクストの独立へと利用している。斑は「世間は廣えや。手前なんかの様に、一生井の中の蛙で居ようなんて量見ぢやァつまらねえぜ。世間見ねえ奴は話にならねえ。人間だつてさうだ。何だ蚊だと言つても、世間見ずの奴に何が分るもんか」（四）という。これに対して猫は、「吾輩はこれからこの主人の家を去つ了つて、生きて行けるだらうか。彼れは吾輩を世間見ずだと言つた。さう言はれてみれば成る程吾輩は世間見ずだ。その世間見ずのところへつけ込んで彼んなことを言つて、吾輩を困らして遣らうといふ積りぢやないかしら。／吾輩は慥んな事を考へると、迷はざるを得なかつた。（略）吾輩は此の場合。彼の斑が言つた事を善意に解した。（略）物は當つて砕けろだ。何うも斯うして居たところで、主人が吾輩を家に居れて呉れなければ、吾輩は當然餓ゑ死をしなければならない。ぎやァぎやァ泣いて自滅を待つと云ふのは愚の骨頂だ。假しんば彼れの言つたことが嘘で、此の家を離れて生きて行くことが出来なかつた時には、野垂死をする迄である。此の台所入口で死んでも、往来傍で野垂死をしても、死其のものには何等の変りはない」（四）と考える。最終的に猫は「吾輩が此処を立ち去つて居なくなつたら、翌朝になつてお爨が其の事を主人に告げる。主人は厄介払ひをしたと言つて喜ぶだらう。さう思ふと、吾輩は癪でならなかつた。癪だと云つて何時迄も斯うして居れば吾輩の命にかかはる。なにも命を棄ててまでも意地を徹す事もあるまい。意地を徹すのは何れ如何なる場合でも、余り割りの良いものではない。屹度損になるものである」（四）として苦沙弥の家から出ることを決断する。

五、主題

二次テクストは四章まで、苦沙弥の家で猫が生活するという、一次テクストの設定を引き継いでいる。続編を書く場合、続編の作者は一次テクストの続きを書くと同時に続編の作者としての主題を書くことが多い。一次テクストの続きを書くこと自体が主題となることもあるが、その部分のみで作品が評価されることは非常に困難といえる（パロディすること自体が目的であるというのは、パロディに対して懐疑的な読者には受け入れられ難い）。三四郎はこの『それからの漱石の猫』において、当時の小市民の生活を猫の眼を通して描くことを主題としているわけだが、それには猫に苦沙弥の家から出て、より下層の市民の家に住ませるようにしなければならない。

しかし、その主題とともに、私は、三四郎が四章までの文章を通して、一次テクストの文体模倣に限界を感じたのではないかと考える。三四郎の文体模写の力は、猫がビールを飲み甕に落ち、一次テクストの最後の文章が書かれる所までは、上手く一次テクストを模倣したといえる。しかし、甕から上った後、本当に二次テクストのオリジナルとなる部分からは一次テクストの文章から離れてしまう。私の考える文体模写は、一次テクストの文末表現、人称の一致や、熟語等の類似性、文章の長さなど、一次テクストの文法的特徴を抽出しそれを二次テクスト作者が再構成し、独自の主題（または一次テクストから引き継ぐ主題）を記すことである。三四郎は、一次テクストにある場面を再構成し、二次テクストへ繋げる文章とすることには長けているが、文体的特長を抽出し再構成することには成功していない。よって、一次テクストにある場面を文体模倣するのはできても、それ以降が三四郎自身の文章へ傾いてしまう結果となるのである。

それでも、一次テクストと同じ設定を用いている間は、文体模写をしなくてはならないという意識が三四郎にあったのであろう。しかし、猫が苦沙弥の家を出てからは、一次テクストの文体模写を余り意識しなくなる。これはやはり、お手本となるテクストがないと文体模写をできないという欠点を自覚しているからであろう。

六、猫と金貸し

猫は、苦沙弥の家を出た後、また文筆業の「先生」に飼われるまでに、二軒の家に飼われる。

一軒目は、蠣殻町の株屋「丸一合資会社」で使い走りをしている主人の家である。しかし、妻が猫を飼いたがるのをよく思わない夫が猫を捨ててしまう。次に飼われたのが、吉田という高利貸の家である。吉田家に飼われるきっかけは、十二、三歳の娘が猫を飼いたいと言ったことなのだが、この家で飼われることで猫は初めて名前をつけられる。

吾輩は苦沙弥の家に居た時から今日まで、名無しの権兵衛であつたが、此の家に飼はれると同時に「玉」と云ふ名をつけられた。「玉」なんて女性の名の様だと思つたが、要するに符牒なんか何うでも宜い。玉であらうと虎であらうと、ちようであらうとみいであらうと、其の符牒によつて吾輩本来の面目を傷つける訳でもない。其麼ニチトーヅユヌイ（微微）の事に兎に角文句を並べる様な吾輩では無いから玉になつて置く。（六）

一次テクストにおいて、猫の無名性はそれだけで一つの重要な問題として取り上げられる。「玉」という名の理由は作中では語られないのだが、猫が述べているように名前自体の持つ意味よりも、ここでは、名無しの猫に名前をつけるという行為が問題なのである。猫は「符牒なんか何うでも宜い」「其の符牒によつて吾輩本来の面目を傷つける訳でもない」と述べているが、猫本来の面目とはなんであろうか。猫自身は、苦沙弥の家を出ても、名前をつけられても自分自身は何ら変っていないと考えている。しかし、苦沙弥の家を出て、名付けられた猫は、一次テクストの名無しの猫の持つ意味合いの多くのものを失っているのではないか。苦沙弥の家で知的な会話を聞き語る名前の無い猫は、高等遊民が自虐的な鏡で自らを映し出す装置だったのである。しかし、二次テクストにいるのは、高利貸しの家で少女に飼われる「玉」という名の猫である。猫は、一次テクストで得た批判的な思考から小市民を皮肉ることは出来ても、自らが鏡として彼らを映し出す装置にはなれない。一次テクストから二次テクストへの移行は、猫の役割や文体的変化も含めこの章によって完成するのである。

では、この高利貸しの家で猫はどのように生活しているのか。どのような立場に立って語っているのかを考えてみる。まず猫は、金を人間の愚かさの証だとしている。

> 大体吾輩猫属なんて、人間の様な愚な動物ではないから、其靡ものの必要がないのだ。金なんぞは一体全体誰が拵へた。
>
> 金を造つたのは神でも無ければ仏でも無い。高が人間が造つたものではないか。人間が作つた金だとすると、どう考へても人間程愚なものはまづ無いのである。
>
> 彼等は便利の為めに金といふものを造つた。其の便利の為に造つた金で苦しむなんて、金のみでは無い。何事に依らず人間は自分たち自ら様様なものを造つたり。種種な事件を捏ち上げて、而して亦自ら苦しみつつあるのではないか。　（七）

自らで作った金で自らを苦しめる人間の愚かさを語り、猫は人間程愚かではないとして、人間が金で苦しむことを語る語り手としての位置を安定させている。それまでの苦沙弥の家から追い出され、一人で生きていくことができるかと心配している猫の実状を考えれば、〈金〉という語を使っていないだけで、苦沙弥家に安住したことで野生の生活を忘れ、自らの生き方に悩む愚かさは同じなのである。猫は、名前を得たことで、一次テクストでの役割であった人間を映す鏡としての装置から、一つの個体として人間を客観視する存在となる。一次テクストで猫に反映されていた価値観では、金に翻弄される人間は低俗であるとされるが、野生として社会の中で生きることを選んだ二次テクストの猫は、社会が一次テクストで猫に反映されていた価値観で動いている訳ではなく、むしろ金が大きな意味を持つことを知る為、人間と同様の立場においては明確に善悪を判断できず、人間対猫という位置関係から「人間の作った金」というものを批判することとなる。三四郎は、設定、文体、語り手が一次テクストの続編から離れ、一次テクストを相対化する視点を得たことで、このような表現に陥ったのである。ともかく〈金〉を語る場合、猫は絶対安全な位置から、人間の愚かさを批判することが出来るようになっている。このような考えをもっている猫は、高利貸しという商売を以下のように見ている。

抑も高利貸なるものが存在するといふのは、高利の金を承知して借りる者があるからである。借り人が皆無になつたら、高利貸にせよ皆無になるに違ひがない。それを又第三者の位置にあつて、高利貸は悪い奴だとか、酷い奴だ。高利の金を貸して金を貯めやがつた等と悪口雑言をするが、これ亦要らざる世話である。是れ等は自分に高利で貸さうにもどうしやうにも金がない、金がないから金のあるものが羨ましい。即ちザービスチ（羨妬）に過ぎないのである。（五）

猫の飼われた吉田という高利貸しは、吉田の経営する長屋のおかみさんたちの噂によると、「何でも以前は越後から出て来てほんの裸一貫で夫婦のものが何うする事も出来ないので、旦那は屑屋になるし、お内儀さんは納豆売りをして、それこそ爪に火を灯すように貯めた金だつてますよ」（本文ママ）（六）という人物である。悪徳な者でもなく、苦労して財を成した人間に対して、苦労もなく金を借り、貸主の悪口をいう人間たちの方を、猫は批判している。吉田の息子は中学生ながらカフェへ通い、その為の金を学校の道具を買うという名目で親から貰っている。吉田は息子の金の無心に対して、「お前なんぞは、金をまるで土塊か何かの様に心得て居るが、一文銭一個だつて、地の下を一丈掘つても二丈掘つても出ない時には出るもんぢやないぞ。それを金なんかは自然に出来るものの様に思つて粗末にする。今日お前たちがさうやつて贅沢に学校に通つて、為たい儘三昧を為て居られるのは誰のお蔭だと思ふんだ」（六）という説教をする。これに対して息子は「僕は阿父さんの様な、高利貸にはならないんです」「社会から爪弾きされる、アイスなんかにはなりません」（六）と反論する。息子は表では頭を下げられるが、裏では馬鹿にされる高利貸しを嫌っている。しかし、父は裏で何を言われても、表で威張っていられる方が勝だと考える。

息子は教育を受けて世間からあらゆる面で尊敬される人間を目指してはいるが、彼の行動は勉強もせずカフェの女給にいれあげているだけである。親は、貧乏から身を起し、金だけを頼りに生きてきたので、その力を過信している。このような親子の確執はよくあることであるが、猫は両者の善悪を明確に判断できないのである。

吾輩には一体何の人間が困つたものだか、更らに判断が出来なかつた。然し。此の主人父子夫婦而巳ならず、人間といふものは、総て甲乙丙丁の判断に苦しむ動物ではあるまいか「彼奴は馬鹿だ。」と言つてゐるものが果して悧巧であるか「彼はズロヅエーイ（悪徒）だ。」と言つてるものが自らズロヅエーイであるか「彼はルグウン（虚言者）だ。」と言つて斥ける者が却つてルグウンであるか。何れも甲乙丙丁、互ひに団栗の脊較べをして居るのではあるまいか。

同感の諸氏は宜しく手を挙ぐ可し。――と言つた所で、恐らく人間としては「同感」と叫んで手を挙げ得るものはあるまい。あつたらそれは人間の仲間を外れた人間であらう。（六）

この親子の意見の相違も、親世代、子世代から見れば、それぞれに甲乙丙丁が判断されるのかもしれないが、猫にとっては誰もが同じように愚かなのである。猫は、二次テクストの様々な場面で人間が表と裏の顔を使い分けているところを目にしている。人間は須らく愚かで悪徒で虚言者であると、猫は思っている。猫は、一次テクストにおいても、苦沙弥やその家族の対外的な面と内なる面の違いを表している。それ以外にも金田や経済界に通じる登場人物には二面性を表しているが、迷亭や寒月、東風にはその二面性が見られない。二面性の見られない登場人物はそれだけで、他の登場人物よりも純粋なように見える。

二次テクストで二面性の見られない人物は八章以降に登場する〈先生〉くらいである。株屋や高利貸しという人物の家に住むことで、猫は一次テクストの金田に代表される裏表のある人間を観察することが出来た。しかし、猫には彼らを判断することが出来なかった。一次テクストにおいて経済に関わる人間は、高等遊民に対抗する勢力として描かれているが、二次テクストでは〈金〉に対して純粋であることが、人間の純粋性を表すことにはならないということが書かれる。一次テクストの苦沙弥を主とするエリート的な正義は存在しない物語において、猫は参照点を失っていることを猫という鏡に映すことで、鏡に映った世界を描写している一次テクストには、鏡を見ている苦沙弥を中心とした世界の視点が基準とされ、物語の中心点としての参照点となる。しかし、猫が鏡に役割を辞め、個体として社会を写す時、猫自身を覗き込む視点はなく、物語の中心点としての参照点は失われ、猫は猫であること、人間とは異なるという視点でしか、人間批判が出来なくなるのである。

七、二次テクスト内の特徴

(1) ロシア語[6]について

『それからの漱石の猫』には、ロシア語の単語やロシアの小話が挿入されている。ロシア語は、猫が掛け声として発する「一（アヂン）、二（ドバー）、三（ツリー）」や、

「君。チエロヴエーク、ドブルと言ふのは何の事か知つてるか。」

主人は三平君が主人のために、外出する様にと勧めた事なんぞは聞いて居なかつたものの様に、唐突に斯んな事を尋ねた。

「何です？」

「チエロヴエーク、ドブルさ。」

「チエロヴエーク、ドブル？それは露西亜語ぢやありまつせんか。」

「ああ露西亜語だが何と言ふ意味か知つてゐるかね？」

「チエロヴエーク、ドブルと言ふのは、さうですね「人は善良なり」とでも訳しまつせうか。」

というように、苦沙弥先生と多々良三平君との会話の種になることもある。それ以外には、地の文章に挿入される〈許可（ラズレシュエーニエ）〉〈貧乏（ペエーヅノスチ）〉〈周囲（オーコロ）〉〈ザービスチ（羨妬）〉〈ナヅジラーチエリ（監視人）〉〈ブレエーヅスツヴィエ、フ、ヴィヅウー（原因）〉〈ナブラヴレエーニエ（方針）〉〈ニチトーヅユヌイ（微微）〉〈オブラシチエーニエ（待遇）〉〈リシツツァ（狐）〉〈ビーシチア（食物）〉〈アスタートク（残物）〉〈アバニヤーニエ（嗅覚）〉〈カナクラーヅ（馬盗人）〉〈ズロヅエーイ（悪徒）〉〈ルグウン（虚言者）〉などがある。話の種においてロシア語が出てくるのにはそれほど不自然さは感じられないが、猫の掛け声や地の文で使用されるとかなり不自然に感じる。また、地の文で使用される単語が統一されていないのは、三四郎のロシア語能力が日常会話から何らかの特定分野にまで及んでいる事を示しているのかもしれない。しかし、苦沙弥が英語教師であることから、二次テクストでは外国語を使用することにより一次テクストとの類似性を保とうとする意識が強いようだが、無意味にひけらかされるロシア語で教養を表現しようとするのは、無理があるようにも思われる。

（2）大町桂月と三宅雪嶺

『それからの漱石の猫』における苦沙弥と細君の会話に、

「桂月が酒も飲め、道楽もしろ、旅行もしろと云つた。」「桂月つて何?」と尋ねた。主人は「桂月といふのは現代一流の批評家だ」と云つたら「そんなことを教へて現代一流の批評家ですか。」と、当時の細君には遉がの桂月も敵はない。　（三）

という会話がある。『それからの漱石の猫』は『吾輩は猫である』の続編なので、時代設定は明治三十八年（一九〇五年）前後となる。大町桂月の文筆活動の全盛期は、明治三十二年から三十八年にかけての博文館入社以降「太陽」「文芸倶楽部」「中学世界」に文芸時評、評論、紀行文などを執筆した時期であり、明治三十九年に博文館退社後は、生活に困窮しながら高邁な文人生活に終始した。(7) 作品内の時代設定と大町桂月の全盛期は重なるのでその部分は問題ないのだが、苦沙弥の口からこのような名が出ることに意外性を持たせ、桂月をしらない細君の方が上手である点において、苦沙弥の二次テクストでの性格を特徴付けているように思う。

しかし、三宅雪嶺を用いたのは、何故だろうか。二次テクストにおける、吾輩と野良猫の斑との会話に、

「(略) 三宅雪嶺も「世の中」と云ふ書籍の中で「学校の教員は一体に馬鹿者なり」と言つてゐるぢやァねえか。

斑の気焔は、万丈にして当る可からず。虹の如しとは斯かる気焔を謂ふのであらう。然し吾輩には、三宅雪嶺といふのは、何者か分らない。

「何です。其の三宅雪嶺と云ふのは？」

吾輩が斯う訊くと、斑は呆れたといふ様な眼をして、又銀の髭をぴんと動かした。

「何だ。三宅雪嶺を知らねえのか。全く手前は世間見ずだな。三宅雪嶺てえのは文学博士さ。」


とある。三宅雪嶺は、明治ナショナリズムの典型的なジャーナリストである。明治二十一年杉浦重綱らと政教社を創設し、雑誌「日本人」その他で評論などを執筆した。三宅雪嶺は、『日本の思想家　近代編』[7]を記した菅氏の言によれば「徹底した反政府、反官僚、反国家統制の立場を貫いた独立と自由の人」として社会問題にも関わったが、「同時にきわめて強硬な国権拡張論者であり、国粋主義者」でもあった。三宅雪嶺の『世の中』は、大正三年に実業之世界社から刊行されているので、作品の設定とは合致しない。では、三四郎は、年代的に合致しない三宅雪嶺の名をなぜ出したのだろうか。苦沙弥に関連した教師の悪口を挙げるだけなら他の名前を幾らでも出せたはずである。九章において三四郎は、吾輩の四度目の主人である文筆家の〈先生〉の発言に「横暴と知つたら遠慮なく一大鉄槌を加へてやつたら可いぢやないかね。何も僕は危険なる社会主義者でもなければ、土地享有論者でもないが、あまりに横暴に過ぎるとつい攻撃もして見たくなるよ。」（略）「成金も無論不可ないが、華族なんかにも随分傍若無人な奴が居るよ（略）」とある。『皮肉社会見物』にも同様の文章があるので、三宅雪嶺はこのような文章の前置きとして利用しているのではないかと思われる。また、野良猫の斑が、大正時代の出版物に関して、明治生まれの吾輩に教えるという構図は、〈続編〉が一次テクストに新しい思想や問題を加えて進化していく、という三四郎の〈続編〉に対する認識を表しているのである。

八、結末について

二次テクストは、猫捕りにつかまり、それ以上の描写が出来なくなる場面で終わる。

翌朝吾輩は或る屋敷の垣根の柔かい草を食つて居ると、不意に吾輩の首を摑んだものがある。「にやッ。」と叫んで逃れ様とした時には既う遅かつた。吾輩は袋の中へ入れられた。袋の中へ入れられる時ちらと見たが、吾輩を捉まへたのは四十五六の色の黒い女だつた。

（略）

けれども、幾ら鳴いても出しては呉れない。出して呉れないと知り乍らも、矢張り鳴いた。これから先、吾輩は何うなるのだか、吾輩自身にさへも頓と分らない。

唯袋の中で「にやァ、にやァ。」鳴いて居るのである。（十一）

この女は何の布石もなく突然に現れ、吾輩を捕まえていく。話す言葉からは、手馴れた感じを受け、暴力的な面も見られない。この場合、この女は、結末における新たな登場人物によって、物語の展開を期待させるという人物ではない。今まで高みに上って人間を描写してきた猫が、人間の暴力によって生命の危機を感じ、語り手としての機能を果せなくなる、という猫本来の生存の危うさがこの物語の語りの危うさと直結するということを表している。一次テクストにおいて、猫は自ら酔って甕に落ちた。それは、猫の生存の危うさに対しても猫自身が自らの行動によって行き着く、という猫の自立性が現れており、語り手として自身の死を達観する場面まで描写するという、大きな役割を担わされている。猫の語り手としての大きな意味は、結末部の「南無阿弥陀仏」まで語り果せたという面にある。語り手は自身の死は語れないが、その直前まで語り手としての役割を果すのである。

対して、二次テクストでは、不意の危険により、猫は袋の中で「にやァ、にやァ。」と鳴くことしかできず、語り手の立場を奪われる。猫が袋に入れられる前に見た「四十五六の色の黒い女」という描写は、他者に対する最後の描写であり、「これから先、吾輩は何うなるのだか、吾輩自身にさへも頓と分らない」は、状況分析の最後の描写である。二次テクストの語り手は、語り手としての生命を人間の手に握られることになる。しかし、この先猫が生きるか死ぬかは分らない。

二次テクストの結末は、猫の語り手としての立場が一次テクストよりも低くされているように思われる。それは、これまでの吾輩が名づけられたことや、描写対象が高等遊民から一般市民へと変化したことが関係していると思われるが、一次テクストの終結のように、猫の自立性を保つ方法を再度用いることは、三四郎の続編がほしいという願望と相反するので、あえて猫の生死を描かず、完結の印象の無い終わりを選択したのではないだろうか。

注

（1）『それからの漱石の猫』（日本書院、大正九年二月）本書における『それからの漱石の猫』の底本においては、『続　吾輩は猫である』（『それからの漱石の猫』改題）勉誠社、平成九年八月に依る。

（2）『出版文化人名事典』第四巻（日本図書センター、平成元年二月）

（3）『蕪村全集』第一巻（講談社、平成四年五月）

（4）『子規全集』第三巻（講談社、昭和五十二年十一月）

（5）『定本　高濱虚子全集』第一巻（毎日新聞社、昭和四十九年十二月）

（6）二次テクスト内で使用されているロシア語

・一、二、三（オディン、ドゥワ、トリー）——odin, dva, tri

・人は善良なり（ドブリーチェロヴェク）——dobrui Chelovek

・許可（ラズレシェニエ）——razreshenie

・貧乏（ベドノスチ）——bednost

・周囲（オコロ）——okolo

・羨妬（ザービスチ）——zavist

・監視人（ナジラーチェリ）——nadziratel
・原因（プリチナ）——prichina
・方針（ナプラヴレニエ）——napravlenie
・微微（ニチトージュヌイ）——nichtojnui
・待遇（オブラシェニエ）——obrashenie
・狐（リシーツァ）——lisitsa
・食物（ピーシャ）——pisha
・残物（オスタトク）——ostatok
・臭覚（オバニャニエ）——obanyanie
・馬盗人（コノクラード）——konokrad
・悪徒（ズロデェイ）——zlodei
・嘘言者（ルグン）——lgun

（7）菅孝行『日本の思想家—近代編』（大和書房、発行年月日なし［著者あとがきの日付は一九八一年七月］）

二節　内田百閒『贋作吾輩は猫である』

一、作家と作風

内田栄造（百閒）は、明治二十二年（一八八九年）岡山市で生まれた。家業は酒の醸造業である。幼い頃から琴を習い、作文投稿、俳句（百閒の号を用いる）などを行う少年であった。中学時代、夏目漱石の「吾輩は猫である」などを読み漱石に傾倒した。明治四十年（一九〇七年）「老猫物語」を書いて漱石に送り、返信を貰う。明治四三年（一九一〇年）東京帝国大学独逸文学科に入り、漱石門下となる。漱石死去後は、岩波版『漱石全集』の校正に従事し、「漱石全集校正文法」を作成した。

陸軍士官学校付陸軍教授となりドイツ語を担当、また法政大学教授という仕事を行いながら、大正十年（一九二一年）一月「冥途」を『新小説』に発表し作家デビューを果たす。以後、大正一四年「旅順入城式」（『女性』）、昭和四年（一九二九年）「山高帽子」（『中央公論』）などの小説や、昭和八年『百鬼園随筆』（三笠書房）、昭和二六年「特別阿呆列車」（『小説新潮』）などのエッセイを発表し、昭和四六年四月『日没閉門』（新潮社）を出版して、同月二十日亡くなる。

高橋義孝は「内田百閒論」[1]において、内田百閒は「極端に近い内向型の人間であるらしい」としている。百閒が富裕な造り酒屋の独り息子であることもあり、優越感と劣等感、弱気と頑固の共存など「獨り息子」特有のメンタリティが、「漱石先生臨終記」における、百閒が漱石に馴染むことの出来なかったエピソードと重なると述べている。高橋氏は百閒の作家としての特色として、「不気味」と「滑稽」を挙げているが『贋作吾輩は猫である』は、滑稽ではち切れんばかりでありながら、結末には不気味さをはらむと論じる。

『贋作吾輩は猫である』[2]は昭和二十四年（一九四九年）一月から十一月まで『小説新潮』に連載され、二十五年四月新潮社より発行された作品である。少年時より漱石に親しみ、その門下となった百閒としてみれば、漱石の『吾輩は猫である』の〈贋作〉を行うことは大きな栄誉であったと考えられる。と同時に、馴染むことの出来なかった漱石に、作品の中から近づいていく方法は、百閒にとって〈続編を書く〉という行為が、現実に話し得なかった師への親愛とも受け取れる。

二、あらすじと構成

『吾輩は猫である』（以後、一次テクストとする）と同様に、『贋作吾輩は猫である』（以後、二次テクストとする）は一貫した筋はない。一節で取り上げた『それからの漱石の猫』のように吾輩が転々としながら様々な人々を描写するのではなく、主人公五沙弥の家に住み着き、アビシニアという名を貰い、そこに訪れる人々や、近所の猫との日常を描写するのに終始している。しかし、一次テクストよりも、章ごとの特徴が明確であるので、その構成を追っていくことで、全体を捉えたいと思う。

第一は、猫が甕から這い上がり、五沙弥の家で飼われることになり、アビシニアと名づけられるプロローグである。ここでは、貧乏な版画家風船画伯が訪れる。芸術家として紙幣に感銘を受けて作成した風船画伯の創造的贋作と、五沙弥が社会的立場から語る贋金の意味の違いが語られる。五沙弥、お神さん、風船画伯という二次テクストの根幹となる人々が紹介され、贋作において贋作の意味を問うというメタテクスト的趣向がなされる。

第二は、キリスト教徒の鰐果夫人が五沙弥に禁煙を勧めにくる。そこへ岡山の知人作久が台風見舞いに来て、東京見物のために泊まると言い出し、五沙弥を困らせる。二章では、五沙弥が苦手とする人々が来訪する。他の章が五沙弥の気の置けない友人たちが登場することが多いので、この章は、登場人物の性質的に異色である。

第三は、五沙弥の古い教え子で五十歳に手の届く、蒙西、出田羅迷、疎影堂が来訪する。四人で昔、五沙弥の教えていたドイツ語の歌を歌い、酒を飲む。そこにまだおやじではない、やはり五沙弥の旧教え子であった佐原満照が加わる。疎影堂の孫が迎えに来て、宴会は終わる。この章では、出田羅迷の顔が長い話から、成島柳北の顔が長いという逸話へ移ったり、佐原満照の恋愛話や、俳号を羅迷という、出田羅迷の俳句趣味から「一と還り又一と還り丑の春」「奇策なしただ悠然と丑の春」という句が出てきたりと、宴会に相応しく取り留めのない話が続く。三章は、一次テクストの苦沙弥のサロン的雰囲気に似ているように思われる。

第四は、冒頭から五沙弥と、鰐果夫人の子である鰐果蘭哉青年が登場する。鰐果蘭哉は、共産党で、実家を出て職工のようなことをしている。イデオロギーの話をする蘭哉に五沙弥は作久に貰った黴の生えた饅頭を勧める。そこに、風船画伯が来て、道端で月見をしていたという話になる。最近の風船画伯は蛆田百減の小説に挿絵を入れることになり金があるので、皮蚤を土産にもってくる。鰐果蘭哉は「イデオロギーのない文学は近代の文学ではありませんでせう」といい、プロレタリア文学はブルジョア文学からよい点をとり、文章、文体、形式の点でもっと芸術化する必要があると語る。二次テクスト自体がイデオロギーのある小説ではないので、作中人物における作品否定という矛盾が起こるのだが、鰐果蘭哉の発言は意味が通っていないことが多いので、作品を脅かすものではなく、安易に共産主義やイデオロギーを語る人間に対しての否定を行っているのである。二次テクストにおいて、金というのは重要な意味を持ち、一章と四章の風船画伯のように金の有無が章ごとに変わる人物もいる。また、キリスト教の母と共産党の息子というように、信念や宗教というものが、面白おかしく扱われる。蛆田百減はもちろん内田百閒であり、この後も随所に名前が登場するのだが、それほど深く語られない。

第五では、お神さんの留守に高利貸しの兼子金十郎が来る。兼子は、子供はすでに死んでいるのに、成長したかのような話をする。兼子が帰ってから大分して、お神さんが帰宅し、兼子は大分前に死亡通知が来ていたという。五沙弥は水を浴びた様な顔をした。この章は、『冥途』などに見られる幻想的なジャンルに分けられる。二次テクストにおいては異色だが、贋作から離れた百閒の世界が描かれているといえる。

第六は、猫の世界である。近所の猫たちの集まる協議会にアビシニアは出ることになる。町内は、ブルジョアよりもう一つ上の階級に属する人が住み、町内のイベントに金は出すが人は集まらないという。協議会の議題は、町内の猫櫓にもと軍人の家の黒がひっかかったことと、猫釣りが出るということ。アビシニアは、罠に猫がひっかかったドイツの小話「ライネケ狐のヒンツェ」を語り、猫の皮が三味線に使われているということで、長唄の師匠の猫と音楽学校の猫が喧嘩を始める。協議会が盛り上がる中、羅馬教会の猛犬、出臼（デウス）、柄楠（エクス）、魔雛（マヒナ）が来て、猫たちは三々五々逃げ帰る。この章は、人間は登場しないのだが、猫たちは飼い主の職業や名前で呼ばれる。アビシニアも「五沙さん」と呼ばれ、一次テクストで猫同士が「クロ」「三毛子」などと固有の名前で呼ばれていたのとは異なる。一次テクストでは、吾輩には名前がなく「先生」と呼ばれており、他の猫は固有の名前で呼ばれていたのに、二次テクストでは、アビシニアという固有の名は猫同士で呼ばれず、全ての猫が飼主の名や職業によって呼ばれる。これは、アビシニアの語り手としての特異性が薄れているからであろう。

第七は、出田羅迷と三鞭酒を持ってくる予定の狗爵舎が五沙弥の家で待ち合わせる。満鉄の行兵衛、風船画伯、飛騨里風呂が来るのだが、三鞭酒を期待して帰らない。取り留めのない話で時間を潰し、やがて狗爵舎がくる。三鞭酒を五人で待つのは、一次テクストの最終章に類似しており、飛騨里風呂の結婚式に先輩の句寒が謡をする話に対して、五沙弥は「君は意地になつて、話しを長びかすのだ。寒月のヴァイオリンぢやあるまいし、第一、時勢が違ふ」という発言をする。一次テクストを意識している物語構成なのだが、この章が二次テクストの終結部ではなく、ほぼ真ん中の章になっている。また、飛騨里風呂の小説集『あぶれ蛙』の五沙弥の感想が、「初めから、題を見て読む様な事はしない」「抑も小説の筋なぞと云ふものは、凡そ意味のないものだ」とあり、四章の鰐果蘭哉の文学論と相対する文学観が書かれる。こちらの方は、二次テクストの文学観と対応し、また、この章が一次テクストの結末と対応するので、二次テクストの中心に置かれている大きな意味があるといえる。

第八は、春の頃、狗爵舎が来訪し、うどんを食べる。五沙弥は、夕食の酒を旨くするために昼食をとらない主義なので、うどんを食べる狗爵舎を邪魔して、のど越しを好むのは、昔人間が虫を食べていたからという話をする。出田羅迷が来て、取り留めのない話をする。この章の冒頭は「春過ぎて、夏来にけらし吾輩は、方方の毛の附け根が痒くて困る。猫のアレルギーだろう」という文章で始まるのだが、このような軽妙な文体が自然に書かれるようになると一次テクストの語りと比べても、二次テクストの語りが独自性をもってきたことが窺い知れる。また、生家が田舎の金持の狗爵舎が「だが僕等の様な貧乏人はその融通がつかないよ」と言ったのを受けて、五沙弥は「君、貧乏と云ふものを、さう手軽に考へてはいかん。貧乏と云ふのは、立派な一つの身分だ。君如き輩が差し当りのお金に窮したからと云つて、すぐに貧乏人面をしようと云ふのは、分を知らざるの甚だしいものだ」という。貧乏を一つの身分と考えるのは、百閒の独自性であり、一次テクストの金持を攻撃する〈金〉に対する対応とは異なる。

第九では、五沙弥の息子の十三回忌なので、未然和尚を呼んで酒を飲む。和尚は五沙弥の元教え子であり、五沙弥家に呼ばれた時、死んだのは息子ではなく五沙弥と間違えていた、というエピソードが語られる。アビシニアが五沙弥の家の庇に上ると、小判堂の猫が来ており、猫の主体性の確立について今度協議会の議題にしたいと語る。アビシニアは、人間は人間、猫は猫と済ましていればいいとなだめる。この和尚は、「五沙弥が五沙弥流に相手をたぐり寄せようとすると、和尚はつるりと擦り抜ける様に思はれる」という人間で、アビシニアは「未然和尚の膝へ上がりかけたけれど、坊主は何となく物騒だからよした」と考える。今まで登場してきたような五沙弥やアビシニアの手に負える人物ではなく、和尚はアビシニアにとって不可解な人物として描かれる。

第十は、猫が語りの手法を自ら選んで変えている。「原典の『猫』では吾輩は徹頭徹尾、写生文主義の信条に遵由した」が、二次テクストではソクラテスのダイモニオンにならって、五沙弥といつも一緒に行動を観察することにする。五沙弥は馬溲検校に酒に呼ばれて、明るいうちから出かける。検校の奥さんに作久の「お構ひ下さるな」という口癖を連発し、声を潜めて検校を驚かせようとするが、検校にはすぐわかってしまう。尺八の大家曇風が放送の打ち合わせに来て、五沙弥が曇風にいたずらした話が出る。アビシニアはダイモニオン（ドイツ語のデモニオン）に習い、自己を「ネコニオン」と呼び、「ネコニオンには五沙弥の腹の中も解る」としている。しかし、ネコニオンは五沙弥と身体感覚も共有してしまうので酒に酔ったりもし、「もういけない」

と以後の使用に制御をかけている。

第十一では鰐果蘭哉から手紙が三通来るが、一通目には新仮名遣いで「猫の写生文の様な事」が書いてある。三通目は「今度のは『贋猫』第九に載つた杓子坂の小判堂と吾輩との対話を読んで書いたものと思はれる」内容である。風船画伯が来て、すりの届出のために代書人を頼んだところ、その代書人と執達吏が懇意で、その執達吏の娘と縁談が出来たが、結局、娘は代書人と結婚してしまった、という話をする。黄疸で寝ていた句寒が来たが、やけに色が黒い。野球や花火のせいではないかと話す。風船画伯は、句寒に仲人を頼もうとしていたのだが、句寒は仲人は得意ではないという。アビシニアは「吾輩は家に在つてはデモニオンのネコニオンを勤めてはゐないから、五沙弥が（鰐果蘭哉の手紙の─筆者註）読後、腹の中で何を考へてゐるかは知らない」というように、五沙弥が自分の眼の届かないところにいない場合以外は、ネコニオンを使わない。それは、一次テクストの猫の語りを守るためであると思われる。そのことを二次テクストの文中で語ってしまう時点で、文体に関する作者の暴露である。「自分は負けても構はないが、君に勝たせるのはいやだと云ふ、猫の迷亭と独仙の碁の様な話」という五沙弥の一次テクストに対する発言も、アビシニアの一次テクストに対する態度と変わらない。この章では、百閒の一次テクストに対する距離を見ることが出来る。

第十二では、来訪した出田羅迷に、五沙弥は二円五十銭貸しているという。昔、寒い中二人で歩いていて、五沙弥の格好が寒そうだったので、出田羅迷はインヴァネスを買って二円に足が出たら自分が払うといって払わなかったので貸しである、と言う。人間とマネキン、絵と活人画、鳥の鳴き声など、真似るものと真似られる者の話があり、飛騨里風呂が来る。句寒、行兵衛、未然和尚、鰐果蘭哉、狗爵舎、佐原満照、蒙西、疎影堂、曇風、検校もくる予定だという。廂の上で小判堂がアビシニアを呼ぶ。二晏寺は出臼、柄楠、魔雛がくるので、五沙弥の家で協議会をすることになる。作久が来るという葉書、お神さんは鰐果夫人が来るという。余りに人が来るので、五沙弥は厭になって、「池の所へ行つて、池の縁を右へ廻つて」と言いながら庭に出て行く。十二章は結末であり、今までの登場人物が集まる予定だが、七章のように集まった後の様子は描かれない。小判堂の猫が「あんまり長くなつて、締め括りがつかないから、出臼、柄楠、魔雛が出て埒をあけようかつて云ふのださうです」といい、テクスト外の世界の声を発するのだが、デウス・エクス・マヒナが〈機械仕掛けの神〉として物語を強引に終わらせるように、この結末も五沙弥の逃亡によって唐突に終わる。しかし、強引に大団円をつくることなく、これから大勢の宴会が始まる予感を感じさせるところには、一次テクストよりも弱い終結感を感じる。

三、登場人物

五沙弥は、家に人が来るのが嫌いだが、やたらと人が集まる人間である。ドイツ語の教師をしていた頃の学生や、画家、近所のキリスト教徒とその息子の社会主義者、旧友、検校など決まった人間が訪問する。五沙弥の名は、もちろん一次テクスト『吾輩は猫である』の珍野苦沙弥からきている。五沙弥の容貌、性格、経歴等を考えても筆者内田百閒をモデルとしていることは明らかであり、その点も一次テクストと同様である。

お神さんは、五沙弥の妻だが、文章中では「小さなお神さん」という表記があり、五沙弥が「大入道」と呼ばれているのに対応している。料理の支度をしたり、借金やお使いに行ったりと忙しいのだが、苦沙弥の妻のように発言があるわけでもなく、五沙弥の陰に隠れている存在である。また、一次テクストと大きく異なるのは、お神さんがアビシニア（吾輩）を飼うことを決めるということである。その面ではお神さんの存在意義は大きい。

風船画伯は、一章、四章、七章、十一章、十二章と登場する。まず、痩せきった風貌と奇怪な発言、貧乏などが彼の特徴といえる。このような人物は、一次テクストにも登場しない。近いと思われる迷亭は、経済状態が全く異なる。迷亭の奇怪な発言は、余裕の上に成り立っている戯言だが、風船画伯の奇怪な発言や行動は、芸術家という職業と貧困からくる狂気じみたものである。

鰐果親子は、主義のハッキリした親子である。母親はキリスト教徒として、五沙弥に禁酒を迫る。自己の正義を疑わず、それを他人にも押し付ける（本人は親切のつもり）という人物で、かなり皮肉が込められている。また、息子鰐果蘭哉は、社会主義者なのだが、五沙弥にその苦悩を吐露し、風船画伯の分らない専門用語で自説を唱える。しかし、鰐果蘭哉は全く実行しない。考え悩み、それを言葉に出す（その相手は毒にも薬にもならぬ人間ばかり）ことで満足している。これもまた、スローガンを掲げながら実行を伴わない者たちへの皮肉である。五沙弥の他登場人物は、このような主義を持った人間はいないので、この親子は非常に異質となる。また、蘭哉は鰐果夫人の年取って出来た末っ子であるが、実家に寄り付かない。これが、母子の主義の違いから来るように見えて、実際は、鰐果蘭哉の言動から考えると逆である様にも思えるのである。末っ子に対する母の愛から逃れる為に、鰐果蘭哉は正反対の主義を選んだと見える。母から逃れる為の主義なので、ポーズで構わない。実際に行動するよりも、母の知り合い（五沙弥）に対して、自分は社会主義に対してこれほど苦悶している、というポーズを見せることが、実家から、または母から逃れる手段なのだと考えているように書かれる。これは、宗教や主義は一部の人間にとってその程度のものであり、自分の行動や考えを社会に表現するための手段に落されてしまっている、個人としての問題にそれらは利用されているに過ぎない、と作者がこの親子を通して描いているのである。

岡山の作久は、田舎者の典型として二章に登場するのだが、彼の口癖を十章で連呼する五沙弥と検校がいるので、作久の言動は大きな意味を持つようになる。二章の作久は、事前に得ていた情報（東京に台風が来て大水が出たのでその見舞い）と五沙弥の状態（既に台風の季節ではなく、五沙弥は「いつの話なんだらう」を連呼している）が全く異なることも気にせず、勝手に五沙弥宅に宿泊することを決めている。これは、田舎者が一見人の心配をしているようで、実際は自分の都合しか考えていないことを現している。十章での作久の口癖「お構ひ下さいますな」「お構ひなさんな」の五沙弥と検校の応酬は、前記したように田舎者は態度や言葉と反対のことを考え、心配しているようで本当は自己の要求を通そうとしていることを踏まえているので、気の置けない二人の間で交わされるこの言葉が、何の裏の意味をも持たないことで対極に置かれているのである。

出田羅迷、蒙西、疎影堂は五沙弥の教え子であり、三章では三人で酔いドイツ語の歌を歌っている。出田羅迷は文部省の偉い役人、蒙西は百貨店の支配人で半禿の半白髪、疎影堂は蒲鉾会社の重役で禿げている。外見上も社会的にも立派な大人というか、中年の三人は、五沙弥の前では、酔って下らないことを延々と喋る。その語りだけを見ていれば、一次テクストの苦沙弥の周りを囲む高等遊民のようであるが、姿を想像すれば、それとはかけ離れている。この姿は二次テクストを象徴しているのだが、その点は後で説明したい。出田羅迷は七章、八章にも登場するが、話が長く落ちがないところは、一次テクストの水島寒月に近いように思われる。

兼子金十郎が登場する五章は、作中でも異質な章である。ここ以外は、「阿呆列車」を代表とする百閒のユーモアが支配しているのだが、この章は「冥途」などが代表する百閒の不可思議な世界が現れる。不可思議と言っても兼子金十郎が幽霊で、留守番をしていたアビシニアと五沙弥はそれと気づかず来客として対応してしまった、という内容なので、ユーモアといえばユーモアでもある。お神さんに事実を指摘されて、五沙弥がどう反応したかというと「五沙弥の頬の皮が引つ釣り、血の気が失せて、頭から水を浴びた様な顔をした」というのだから、まさに夢から覚めたということなのである。ここでは殊更恐怖という言葉は使わないが、夢が現実として交錯する恐ろしさは表現されている。

飛騨里風呂は、人事院の新官僚であり、新進作家としても評判がよい人物である。この作品中で中年ではないのは、この飛騨里風呂と、三章で婚約解消した娘の家に住んでいる佐原満照くらいのものである。佐原は五沙弥の教え子であるが、出田羅迷、蒙西、疎影堂よりも遥かに後輩で「まだ一人前のおやぢではない」とアビシニアに評されている。結婚問題が持ち上がっているくらいなので、既婚の飛騨里風呂よりも若いのかもしれないが、作品では判断できない。

その他、琴の馬溲検校や尺八の大家曇風居士、行兵衛、狗爵舎、未然和尚、蛆田百減、句寒などが登場するが、どれも一癖ある人物ばかりで、一次テクストよりも登場人物に関しては人数も多くキャラクターも強いのだが、個として存在感が強い分、五沙弥を囲んだ人々の連帯感は感じられない。

四、猫たち

一次テクストに登場する猫は、語り手の名無しの猫と、車屋の黒、二弦琴の師匠の家の三毛子、その他猫の語りによって存在がわかる軍人の家の白君、代言の家の三毛君だけである。名無し猫は、白君、三毛君に対しては仲間意識を持ち、「吾輩の尊敬する筋向の白君」(『吾輩は猫である』第一章。以下、章数字のみ表記する)というように自己を一格下に置いてもいる。しかし、車屋の黒に対しては、「一体車屋と教師とはどつちがえらいだらう」「然し家は教師の方が車屋より大きいのに住んでいる様に思はれる」(一)というように、自己を一格上に置いているのだが、体力では敵わないのでそのことを口にすることは出来ない。三毛子に関しては、格を感じるよりも、女性（異性）として別格に扱っているようである。名無し猫、白君、三毛君は、名無し猫の語りから三匹で会合していることがわかるが、黒、三毛子には名無し猫が一匹で会いに行く。実際に描写されるのが、黒、三毛子のみということから、一次テクストでの猫同士の場面は、同格の猫たちの会合よりも名無し猫が異なる格や異性とどのように接するか、ということに重点が置かれているのである。

対して、二次テクスト六章では町内会の集まりのように猫の会合が開かれる。五沙弥の住む町は「大廈高楼、甍を連ねた貴族屋敷」なので、町内の問題にお金は出しても祭の神輿をかつぐ衆はいないという場所である。五沙弥の家の道を隔てた向かいには宮家から分家した貴族の屋敷がある。名前が吉原の花魁の源氏名と同じなので、この家の猫は「花魁猫」と呼ばれる。五沙弥の隣家は日本銀行の副総裁宅であり、この家にはアンゴオラ猫がいる。その次は鍋島侯爵の屋敷で「威望自ら備はつた老猫」がいる。その向う隣は音楽学校の校長の官宅でペルシャ猫がいる。官宅の外れが杓子坂で、坂上には鰹節問屋小判堂の本宅、ここには五沙弥に声をかける若猫がいる。道向うには、長唄の三味線弾きの家元がおり、美しい銀猫がいる。集会所の二晏寺には、以上の猫たちが揃い、最近の猫に関する問題について話し合う。議題の第一は、元陸軍大佐の家の飼い猫黒が猫櫓にかかった話である。一次テクストで軍人の家に飼われているのは白君であり、名無し猫は白君に対して同等以上の意識をもっているわけだが、二次テクストにおいては軍人の家も零落れて飼い猫がエサほしさに罠にかかってしまう。ここで、アビシニアは「ライネケ狐のヒンツエ」という話を鍋島老に請われて話すのだが、アビシニアはれっきとした名前を持ちながら、鍋島老に「五沙さん」と呼ばれるのである。猫たちは、名付けられているにもかかわらず、飼主の名やその職業、または猫の種類で呼ばれる。長唄の師匠の飼い猫は「お師匠さん」と呼ばれる。一次テクストで、名無し猫が「名前はない」と宣言するのに対し、二次テクストは名前に全く関心がないようである。

次の議題は猫釣りである。ここでもアビシニアは、「風が吹くと桶屋が繁盛する」に関連する話を小判堂の若猫に説明するのだが、猫の会合において、アビシニアは知識を披露する役目を負っているように思う。それは、一次テクストにおいて苦沙弥が家に集る人間たちに知識を披露するのに似ている。収拾のつかない議論は、結局出臼、柄楠、魔雛という三匹の猛犬の乱入により終る。三匹に追い立てられた鍋島老の影を見ながらアビシニアは逃げ帰ることになる。

アビシニアは、猫の会合において新参者のはずだが、知識を語ることが多い。五沙弥の住む町の住人はブルジョアよりも一つ上の階級なのだそうだから、飼い猫たちもそれなりの知識を吸収しているはずなのだが、アビシニアはその中でも一目おかれているようである。これは、アビシニアが一次テクストから知識を持ち越している、明治において最高峰の知識人である苦沙弥（漱石）から得た知識は、大正の上流階級の知識よりも上である、ということを示しているのかもしれない。

五、身体の連続性と意識の不連続性

まず、二次テクストの冒頭部を考える。物語は、猫が甕に落ちている状態から始まる。「猫と雖も麦酒を飲めば酔つ払ひ、飲んで時がたてば酔ひはさめる。どのくらゐの時が過ぎたか、歳月が流れたか、変転極まりなき猫の目を閉ぢて甕の中に一睡した間の事は知らないが」（『贋作吾輩は猫である』第一。以下、章数字のみ表記する）という猫の思考が書かれる。一次テクストで「南無阿弥陀仏」と言った後、猫は甕の中で酔いから醒め、時の流れを考えている。猫は明らかに、途方もない時間が経過したことを実感している。一日二日という単位で酩酊していた、という考えではない。また、お神さんからは「年を食つてるんだわ」（一）と言われたり、自分でも「吾輩も勘公の甕入りを堺として随分と劫を経たものである」（一）と考えるのは、年月を経た実感である。

続いて「気がついて甕の縁から這ひ上がり、先づ身ぶるひをして、八萬八千八百八十本の毛についた雫を払ひ落とした」（一）。この時点で、一次テクストで甕に落ちた猫がそのまま二次テクストに移動しているように見える。「身体を動かした途端に咽喉の奥からかすかな麦酒のげつぷが出た」も同様に、身体は一次テクストから連続して存在しているように描かれる。

猫の思考は、明らかに時間の経過を意識している。他者（お神さん）から見ても年を経ているように見える。しかし、猫自身の身体の状況は一次テクストと連続している。これは、そのまま二次テクスト『贋作吾輩は猫である』を表している。作者百閒は、時間の経過（明治から大正）を念頭に物語を描いている。客観的に読者から見ると、一次テクストと二次テクストは別物と判断される。故に、清水良典「『遊民』のディグニティー」(3)における「本書の語り手の猫は『正典』の生き返りでしかなく（略）」という説や、柘植光彦氏による福武文庫版の解説(4)における「いわばこの猫は、漱石の『吾輩』とは質的に異なった『貴種』としての『生まれ変わり』だ、とみなすことも出来る」のように、異質な「生まれ変わり」という説が出てくる。ともかく、設定として猫は一度死に、新たな猫が登場しているのだと考えれば上手くつながるのだが、身体としての連続性も無視できない。

六、語りの方法の進化

猫の物語に対する立ち位置、意識的に語り手であろうとする姿勢は一次テクストから連続しているのである。柘植光彦「内田百閒『贋作吾輩は猫である』——枠組としての『猫』と作品としての『贋作』——」(5)では、『吾輩は猫である』を三つのレベルに分け、その一つとして「吾輩」のレベルとして明確な一人称であり、日本語的な「現在形」を使いリアルタイムの「物語」的な語りの現場において「八笑人」たちの言動を語る方法であると述べている。そして、贋作は「吾輩」のレベルから見て、リアルタイムの「物語」的な語りの現場を設定するという方法は、完全に踏襲されている、としている。『吾輩は猫である』において、もっとも特徴的な語りは、贋作においても守られているのである。しかし、語りの点において、一点、贋作は一次テクストの矛盾を克服している。

二次テクストの十章において、

> 原典の『猫』では吾輩は徹頭徹尾、写生文主義の信条に遵由したから、吾輩の直接見聞きしない苦沙弥の出先の言動を記述する事はしなかつた。（略）
> 当時の吾輩はまだ若くて、経験も浅かつたが、已に劫を経た今日、行戸走肉の五沙弥に侍してそのデモニオンのネコニオンとなり、行屎送尿、いつも一緒にゐてその言動を観察することになれば、いよいよ以つて吾輩の薀蓄を高め、更に人間の生活に対する理解を深くすることになるだらう。

と猫は語っている。この文章からみると、一次テクストの語りの不徹底を百閒は認識しなかったようである。一次テクストの語りの不徹底とは、竹盛天雄「『吾輩は猫である』と『漾虚集』と――「猫」『九』『十』・『読心術』と転倒風景――」(6)などで取り上げられている、語り手である猫が苦沙弥の心情までをも語っている、語り手としての逸脱、不徹底、竹盛氏の論から言うと『猫』の眼の活性化の極点」であり、「新たな方法すなわち『読心術』によって、『沈思熟慮した時の心的作用を有の儘に描き出』すというものである。『猫』の眼の活性化の極点、このような方法の採用を余儀なくしてゆくということだ」ということである。

竹盛氏の前掲論文で挙げられている「『猫』の眼の活性化」のもう一例に、「(『猫』の視野の外にあってみえるはずがない)、明らかな視点の混乱」がある。これに対して二次テクストでは、「ソクラテスのデモニオン」という非現実的な方法を用いて解決している。百閒は一次テクストを「写生文」と認識しており、二次テクストの語り手の不在における語りの措置としてデモニオンを採用した。要するにに百閒は、猫が語り手として不都合になった場合、それに対応する非現実的措置をいくらでも採用することができたのである。何らかの措置で猫が神の視点を手に入れようとも、猫を語り手として採用し続けることは、〈猫の語り〉が一次テクストを構成するのに対し、語りにおいて〈猫〉を採用することで一次テクストを模倣している(語りの方法としての〈猫の語り〉ではなく、一次テクストの象徴としての〈猫の語り〉を採用することで、一次テクストを継承することができる)。

しかし、二次テクストにおいて、語り手の猫は「読心術」を行うことは無い。猫は、猫の統一性を保ったままの「読心術」から、もう一つの存在ネコニオンへとその方法を変更させている。また、猫が「アビシニア」と名付けられたことで、猫と五沙弥は独立した別の存在と認識され、一次テクストのように猫の無名による神聖さの欠如、他の存在(苦沙弥)の意識へ這入ることを可能とした、個としての実体の無さがなくなっているということも言える。また、二次テクストの猫と五沙弥は「読心術」を必要とするような関係ではない、ということもあるだろう。猫と主人の関係性は、一次テクストと二次テクストだとかなり変化しているということが、「読心術」の欠如からうかがえる。

七、一次と二次の年齢層の違いによる世界観の違い

一次テクスト『吾輩は猫である』では、主人公珍野苦沙弥は現役の教師であり、猫は生まれて数ヶ月から一年ほどの若さである。苦沙弥の周りに集る人物たちも、これから博士号を取ろうとする者、独得な芸術に邁進する者、苦沙弥と同年代の美学家、経済界で活躍しようとする者など、未来の明るい若者たちが何とも役に立たない事を語り合う、そのギャップが高等遊民という世界を形作っていた。

珍野家には生命力溢れる子供たちや、粗野な女中など苦沙弥の社会に対する不満を吹き飛ばす、明るさがそこここに配置されていた。

対して、二次テクストである『贋作吾輩は猫である』はどうだろうか。主人公五沙弥自体が教師を辞めた中年（もしくは老人）である。語り手のアビシニアは、実年齢は分らないが、一次テクストの結末で甕に墜ちてから、三十七年後の世界に登場し、お神さんからは「年を食つてるんだわ」（二）と言われたり、自分でも「吾輩も勘公の甕入りを堺として随分と劫を経たものである」（二）と達観している。生まれたての猫と現役教師の持つ世界と、老猫と引退した教師のも

つ世界は自ずと異なり、彼らの周りに集まる人々も、似ているようで異なる。前掲論文で高橋氏が述べていた不気味と滑稽は、一次テクストよりも登場人物の向うに死の影が近く存在しているからではないだろうか。若い人間のほうが老人よりもより死を近く感じるともいえるが、感覚ではなく、現実として死へと近づいてる人々が繰り広げる狂態は、不気味さを孕まずにはおかないのではないか。

八、終結

『贋作吾輩は猫である』は、あらすじで全十二章とされているが、『鬼園の琴』(7)に「贋作吾輩は猫である　続篇」が存在する。その第一章は「出直しノ一」とされ、「五沙弥はいつぞや、あんまり人が来さうなので上ぼせて、ふらふらと外へ出て行つたが、池のまはりをどう廻つたか知らないけれど曖昧に帰つて来て、相変らず曖昧な顔で茶の間の柱の前に坐つてゐる」と、はじまる。漱石の『吾輩は猫である』が一次テクスト、百閒の『贋作吾輩は猫である』が二次テクストならば、この『贋作吾輩は猫である　続篇』は三次テクストとなる。しかし、二次テクストと三次テクストは同作者なので、私が研究対象とする〈続編〉という括りからは外れる。この場合、二次テクストの終結感のなさは、三次テクストへの布石であり、二つは時間を経て書かれた一つの物語と考えられる。だからといって、三次テクストが二次テクストの様々な事件や人間関係、発言を収束させることはないのである。

三次テクストの物語は、五沙弥の家に飛騨里風呂が来るところから始まる。一章は、飛騨里風呂と風船画伯、二章は風船画伯と行兵衛、三章は出田羅迷、四章は税務署の役人と句寒。五章は、風船画伯、六章は飛騨里風呂、七章は風船画伯という具合に、二次テクストと同様に、各章で来客がある。しかし、章が進むにつれて来客は減り、後半ではほぼ会話となり、アビシニアが語る必然性がなくなっているように思われる。

「贋作吾輩は猫である　続篇」の最後は、風船画伯が、蛸が尺八を吹く絵を描くために、五沙弥と問答をする場面である。

「蛸と云ふ奴はさう云ふ事をする。鎌倉の蛸は上がつて来て、海に近い畑の茄子をちぎつたとか、宮島の蛸は潮が引いた時にお鳥居の所で人と角力を取つたとか、さう云ふ事をするんだね」

「只今のお話しの蛸は小さいので御座いませう」

「大きかつたらこはいけれどね、バケツから出て来たのだから大丈夫だ。つかまへて頭の先にお灸を据ゑてやつた」

「蛸の頭にで御座いますか」

「お灸の火が頭の皮膚まで降りたと思つたら、その瞬間に八本の脚の先まで一時に色が変つて」

「おやおや」
「それで幽冥さかひを異にしてお仕舞さ」　（七）

このように、終わりまで二人の会話になり、語りとしての猫の意義は見いだせない。この続編の終わりは、終結感のないものだが、猫の役割を考えればこれ以上「吾輩は猫である」という設定で書き進む意味をもたないと、百閒は考えたのだと思われる。

注

（1）高橋義孝「内田百閒論」（『現代日本文学全集』七十五巻、筑摩書房、昭和三十一年六月）
（2）本書のテクストの引用は『内田百閒全集』（講談社、昭和四十七年六月）による。
（3）清水良典「『遊民』のディグニティー」（『内田百閒集成8　贋作吾輩は猫である』解説、ちくま文庫、平成十五年五月）
（4）柘植光彦「解説」（『贋作吾輩は猫である』福武文庫、平成四年三月）
（5）柘植光彦「内田百閒『贋作吾輩は猫である』――枠組としての『猫』と作品としての『贋作』――」（『昭和の長編文学』至文堂、平成四年七月）
（6）竹盛天雄「『吾輩は猫である』と『漾虚集』と――「猫」『九』『十』・『読心術』と転倒風景――」（『國文學解釈と教材の研究』學燈社、平成元年九月）
（7）内田百閒『鬼園の琴』（三笠書房、昭和二十七年二月）

三節　奥泉光『「吾輩は猫である」殺人事件』

一、作者と作品

『「吾輩は猫である」殺人事件』[1]は、一九九六年一月三十日に「新潮社創立一〇〇年　純文学書下ろし特別作品　第一弾」（単行本の帯より）として発行された。タイトルからもわかるように、この小説はミステリーの要素を含む。設定は夏目漱石の『吾輩は猫である』の続編であるし、文体は漱石のパスティシュ（文体模写）である。

このような小説が、何故「純文学」と前置きされるのかというと、理由はいくつか考えられる。まず、テクストとは関係なく作者奥泉光自身が〈純文学作家〉という肩書を持っていること。また、『吾輩は猫である』自体が純文学として捉えられ、それを模したので『「吾輩は猫である」殺人事件』も純文学である、という考え。そして、『「吾輩は猫である」殺人事件』が、パロディという手法を用いて『吾輩は猫である』を批評しているという点。読者の求めるものではなく、作者が書きたいと感じ書かれたテクストであるということ。

これらは、テクスト外の社会的要因、パロディされるテクストの社会的評価とパロディするテクストとの関係性、パロディしたテクスト内での批評性、パロディ作家の意思、と次元は様々である。これらの要因が相互に関係し、このような仰々しい見出しになったのだろうが、現代の日本文学において「純文学」と名付けられるのは、面白味のない小説と読者に受け取られる可能性もある。しかし、『「吾輩は猫である」殺人事件』というありきたりなミステリーのタイトルに、「純文学」という帯が付されることで、奥泉光の〈純文学作家〉という文壇での立ち位置と、彼が常に追い求める「誰かが読みたいと思うものを書く」「小説は面白くなければならない[2]」という意志が、本全体から表現されているのである。

奥泉光は、一九八六年『地の鳥　天の魚群』でデビューした。一九九三年『ノヴァーリスの引用』で野間文芸新人賞、瞠目反・文学賞、一九九四年『石の来歴』で芥川賞を受賞している。『ノヴァーリスの引用』はミステリーだが、『石の来歴』は戦争体験を石を通して描いた物語である。硬質な文体と、ミステリー要素を含みながらも謎の解決に拘泥せず、物語を描く作風が特徴といえる。

二、あらすじ

『「吾輩は猫である」殺人事件』は、『吾輩は猫である』の語り手である名無しの猫が主人公である。『吾輩は猫である』において、水の入った甕の中で死の間際の描写を行った猫は、何者かによって上海行きの船〈虞美人丸〉に乗せられる。船の中で目を覚まし、上海上陸後は、犬と支那人立ち入り禁止のパブリック・ガーデンにて各国の猫たち（虎、将軍、伯爵、ホームズとワトソンなど）と知り合うこととなる。

上海の生活に慣れた頃、名無しの猫は拾った新聞にて苦沙弥殺人事件を知り、猫たちは、各々が考えた事件の真相を披露する会を開く。ホームズの発表の時、〈虞美人丸〉への調査を行うこととなり、そこで迷亭以下苦沙弥の友人達が集い阿片密売を行っていることを知る。パブリック・ガーデンに戻った猫たちは、謎の集団に捕えられ、難を逃れた名無しの猫も、結局捕まった猫たちのいる研究所へと連れられていく。

研究所では、寒月の作ったタイムマシンの実験発表会が行われ、猫はその実験材料として集められていた。実験を見つめるのは、苦沙弥の友人ら（迷亭、東風、多々良、鈴木）、ホームズの敵役モリアチー教授、ラスプチンの部下などであり、実験に使用されるのは、苦沙弥宅のご近所に住む二弦琴の師匠の飼い猫、三毛子である。三毛子を救う為、タイムマシンに飛び乗る名無しの猫は、三毛子と共に異空間へ飛び出し、一時の別れを告げる。そのまま、名無しの猫は、苦沙弥が殺された日、また自身が酔っ払って甕に落ちた日に戻る。

そこには、東風、寒月、苦沙弥らしき人物たちがいるが、名無しの猫は記憶を失っているので判明しない。東風は〈夏目送籍〉の書いた「吾輩は猫である」という小説を苦沙弥に読んでもらうよう依頼する。その小説を苦沙弥の横で眺めていた名無しの猫は、猫の特殊技能により一時に記憶してしまう。東風、寒月が帰った後、書斎の硝子戸から苦沙弥を殺すだろう男が入ってくる、という物語である。

これ以外にも、猫たちとは別に阿片密売を追う、『吾輩は猫である』に登場する寒月に似た泥棒とその相棒が登場する。また、虎君が名無し猫を催眠にかけ夢からヒントを得ようとするのだが、その夢が『夢十夜』をパロディにしたものであったり、『夢十夜』や『三四郎』のように百合の花が謎とされる。『「吾輩は猫である」殺人事件』においては、名無し猫と三毛子はメルクリウスの猫という古代エジプトの光る猫であり、時空間を越えて生き続ける。また、東風とモリアチー教授は露西亜のスパイであり、寒月の研究を利用しようと企んでいる。テクストは、パロディ、パスティシュ、SF、ミステリー、「吾輩は猫である」、「夢十夜」、その他漱石作品、社会主義革命、戦争兵器など、多種多様なものが組み合わされている。

以降、パロディの関係を明確に示す場合、夏目漱石の『吾輩は猫である』を一次テクスト、奥泉光の『「吾輩は猫である」殺人事件』を二次テクストと記すこととする。

三、構成

『「吾輩は猫である」殺人事件』の物語構成を考えると、この物語は、①苦沙弥殺害の犯人を推理する、②アヘン密輸団の謎を暴く、③名無し猫がどこから来たのか、何者なのかを考える、という三つの物語が絡み合って進行している。①は二次テクストによって提出されたミステリー的問題であり、この物語は猫たちの推理のみによって進行し、最終的に作者によって謎の解明を隠蔽されるので、明らかな解決をみない。③は、一次テクストから発生した問題であり、唐突に猫の語りで始まる一次テクストの読者には、常にこの疑問が生じるように思う。二次テクストでは、この問題にSF的解決を与えている。②は、一次テクストでの苦沙弥の友人たちの言動に関する問題点を、アヘン中毒ということで解決している。ここには、狗、モリアチー教授、ラスプチンなどを盛り込むことで、世界的犯罪が描かれる。それを小さな猫たちが追求するという面では、アヘン密売団を悪として、対する正義の猫たちの団結と成長を描いた物語である。

以上でもわかるように、『「吾輩は猫である」殺人事件』の、殺人事件は全く解決されていない。①に対して猫たちは推理合戦を行うが、それは苦沙弥宅から時間的にも空間的にも遠く離れた場所のことであり、本気でそれを解決しようという意志は見られない。②においても、研究所で発覚する寒月の発明により狗を使って苦沙弥を殺そうとする東風の思惑は、猫たちに妨げられる。結局名無し猫が見た苦沙弥殺害の犯人は、硝子戸から入って来る苦沙弥の友人らしき男である、としかわからない。

①は結局、猫たちを集合させ、動かす為の道具として〈漱石の殺人事件〉という謎解きの構成を利用しているに過ぎず、二次テクストはタイトルにあるような〈殺人事件〉を主眼とする物語とは言えないのではないだろうか。①の謎を解く中で猫たちは集結し、①の謎を追うために苦沙弥の旧友らに近づき、②の謎が暴かれる。③は、①②を経ることで、結果的に判明したものであ

る。

この三つの物語は、①二次テクストに登場する猫たち、②苦沙弥の旧友たち、モリアチー等、③名無し猫自身、三毛子、という登場人物の区分けが出来る。①③をまとめているのは、主人公名無し猫である。そして、②の世界をまとめているのは、侍狗といえる。見世物小屋で、辮髪の男、多々良、モリアチーに囲まれ、苦沙弥の旧友らの手先として苦沙弥殺害の為に使われる侍狗は、①②において名無し猫が追っている世界を統一する者として存在している。そして、三つの物語を統一するように、主人公の名無し猫と侍狗はテレパシーで交信し、一時は途切れたものの、最終的に侍狗が名無し猫に協力する事で②の事件が解決（というよりも未然に防がれる）こととなる。

一次テクストから抽出した謎を、独自の方法でことごとく解決していく二次テクストは、二次テクスト自体が生み出した謎を解決する事がない。奥泉は、「漱石と遊ぶ――『「吾輩は猫である」殺人事件』をめぐって」(3)において、この作品を「続編が書けるようにした」と述べているが、夏目漱石の一次テクストの謎を二次テクストが解き、二次テクストの残した謎を、三次テクストが解く、というように物語が永続することを可能にしている。

四、登場人物と設定

(1) 猫と猫

まず、一次テクストにおける猫の役割を確認しておく。『吾輩は猫である』では、二弦琴のお師匠さんの飼い猫三毛子と、車屋の黒、筋向の軍人の家に住む白君、隣の代言（弁護士）の家に住む三毛君が登場する。黒、白君、三毛君は一章のみ、三毛子は二章で死んでしまうので、それほど出番が多いわけではない。白君と三毛君においては、名無し猫の語りに埋没している為、彼らがどのように名無し猫と語り合っていたのかは分らない。軍人の家に飼われる白君は、我が子を棄てられた悲しみに対し「どうしても我等猫族が親子の愛を完くして美しい家族的生活をするには人間と戦つて之を剿滅せねばならぬ」（『「吾輩は猫である」殺人事件』第一章。以下、章数字のみ表記する）と武力に訴える発言をしているし、代言の家に飼われている三毛君は「元来我々同族間では目刺の頭でも鰡の臍でも一番先に見付けたものが之を食う権利があるものとなつて居る。もし相手が此規約を守らなければ腕力に訴へて善い位のものだ」（一）というように、権利や規約などという発言をする。車屋の黒はべらんめえ口調であるし、二弦琴のお師匠の家の三毛子は女性らしい言葉遣いである。このように、猫たちは、猫独自の個性ではなく飼われている家の職業に対応させられているのだが、この設定は二次テクストにも引き継がれている。白君と三毛君に対して、名無し猫が「白君は軍人の家に居り、三毛君は代言の主人を持って居る。吾輩は教師の家に住んで居る丈、こんな事に関すると両君よりも寧ろ楽天である」（一）というように、この二匹に対して飼われている家柄を同等、もしくは少し下くらいに考えている。彼らが語りの中に埋没しているのは、彼らの言葉が名無し猫の言葉と変らないからである。

対して、会話文が描写される黒と三毛子は、名無し猫と異質な語りをもつ。名無し猫は黒や三毛子に対して、飼われている家柄や格式に強い興味を示している。車屋の黒には、教師と車屋どちらが偉いか、という会話をし、黒の口調や行動に対してどちらかといえば相手を格下に見ている。三毛子に対しては、有名な「天璋院様の御祐筆の（略）」（二）という長台詞を持ち出して「立派な方」の説明にしている。金持に靡かないが、「知名の学者」（二）に姓だけでも並ぶ事が「無上の光栄」（二）であると考える苦沙弥の飼い猫だけあって、代言のような知的職業や、「天璋院様の御祐筆の（略）」のような由緒正しい家の猫に対してと、車屋に対する明らかな評価の違いが描かれる。三毛子に「先生」と呼ばれているように、名無し猫は「先生」である苦沙弥の鏡でもある。

この猫の扱いは、続編において分かれる部分で、一次テクストがこのように飼い主によって意味づけられるのに対して、一節の『それからの漱石の猫』では、主人公以外に野良猫しか出てこず、その野良猫は主人公に対してアドバイスをする野良としての先輩として登場する。二節の『贋作吾輩は猫である』では、一次テクスト以上に飼い主の影響が強く、猫自体の名がありながらも、飼い主の名や職業で呼ばれる。対して、三節では、猫たちは、彼ら独自のキャラクターというよりも、彼らの出身地や、飼われていた家柄、主人の性質などを担っている。これら猫のコミュニティの描かれ方は、その猫と人間との距離が測られる部分である。

伯爵は、シャム猫で仏蘭西租界の海運会社社長の家に住む飼い猫であったが、窮屈な家暮らしに飽き家を出た、とされている。伯爵は、法螺混じりの冒険譚を語るのが特徴で、一次テクストでいえば迷亭のように多弁である。「伯爵に拠れば彼の祖先はクレオパトラの時代からずつとアレキサンドリアで、ナポレオンが埃及に遠征した折り、愛妃の為に土産に持ち帰つたのが伯爵の曾々祖父さんの母親だつたさうな。是も法螺話臭いが別段害になる訳でもないから誰も深くは追求しない」(三)。この伯爵の祖先の説明は、根拠の無さという意味で一次テクストの三毛子の飼い主の説明と対応しているのだが、伯爵が自ら法螺を吹き楽しんでおり、名無し猫もこれが法螺かもしれない、と思い聞いているのに対して、一次テクストでは三毛子は純粋に飼い主の説明を信じ、名無し猫も三毛子の説明を懸命に理解しようとする対比がなされている。

虎君は、「義憤の髯を震はせる虎君は憂国の猫である。なんでも以前は損吻とか云ふ革命家の家に飼はれて居たさうだが、損吻氏が蜂起に失敗して亡命を余儀なくされた結果、虎君も亦野良になつたらしい。民族民権民生の所謂三民主義を奉ずる虎君に拠れば、嘗て世界史上に並び無き栄華隆盛を誇つた支那帝国は、腐敗せる清朝支配下にあつていまや弱肉を世界にさらけ出し、ハイエナの如き列強に食ひ荒される侭になつて居る」(二)。虎君は、中国出身の猫だけあって、同じアジアに育った名無し猫と気が合うのだが、苫沙弥殺害事件の真相を摑もうとする時、名無し猫の夢を利用して当時研究されていたフロイトの夢判断も使うなど、進歩的で勉強熱心な一面をもっている。また、伯爵や将軍よりも押しが弱い所も、名無し猫に近い性質である。

将軍は、履歴を語りたがらないのだが、「（伯爵が演説すると―筆者註）すると決つて傍らから皮肉に嗤ふのが将軍である。将軍は頭から尻尾の先まで一切混じり気のない黒猫だ。（略）将軍は独逸の軍人の家に飼はれて居た猫ださうだが、野良になつた経緯は不明である。（略）将軍は隻眼である。片目が潰れて居る。夫が容貌に一種の凄みを与へると倶に彼の経歴を益々謎めいたものにして居る」（三）と、描写される。軍人に飼われていた将軍は、一次テクストで同じように軍人に飼われていた猫が「白君」というのに対して、将軍は黒猫で、その身体からも好戦的な性質を見ることができる。

日本の中の、小さなご近所付き合いによって成立していた一次テクストに対して、列強各国の猫たちが登場する二次テクストでは、当時の世界情勢を無視することはできない。また、奥泉もインタビュー(4)で「漱石の『猫』の時代は、日露戦争とちょうど重なっていて、二〇三高地占領の提灯行列は書かれていますが、『猫』のそれ以外のところでは、あれほど当時の日本中の耳目を集めた日露戦争について触れられていません。それも一つの謎として提示したかったし、帝国主義全盛時の世界を凝縮した場所としては上海がいちばんだと思ったのです」と述べている。しかし、それらを語るのは戦争に行くことも無い猫たちなので、客観的というか他人事としての距離感があり、一次テクストでほとんど語られていない戦争について話しても、それほど一次テクストから逸脱しないようになっている。

二次テクストで登場する唯一の牝猫マダムは、「ふさふさと長く豊かな白い毛の持ち主であるマダムは露西亜領事館の飼ひ猫」（四）と紹介される。長いのだが、名無し猫によるマダムの描写を引用する。

情けない話しであるが吾輩はマダムと会ふとどぎまぎして仕舞ふ。彼女のサフアイア見た様に蒼い眸で真直ぐ見詰められると、どうしても視線が定まらない。落ち着きを失つて仕舞ふ。何故さうなるかと云へば、まづはマダムの美貌に圧倒される事がある。吾輩は日本でこんな猫に会つた事がない。三毛子も確かに美猫ではあつたけれど、マダムは何しろ体格が違ふ。日本猫としては平均である吾輩よりずつと大きい。頭胴肢尾、どこをとつても立派の一語に尽きる。殊に尻尾は狐のやうに太くて、歩くたびにゆらゆら揺れる様はさながら孔雀の扇子である。可憐とか嫋やかと云つた概念からは遠く隔たつた場所で、美其物が余す所無く白日の元に屹立して居る。陰翳とは一切関はり無い希臘彫刻を思はせる美しさである。然も其美猫がしどけない様子で公園内を闊歩して居るのだから雄猫には目の毒だ。吾輩が困るのはそれ許りでは無い。マダムには猫を猫とも思はぬ所があつて、吾輩はいつも対応に悩まされる。初めて会つた時にも、そこのあなた、こつちへ来て頂戴と、いきなり命令口調で云はれて吃驚した。すつかり気を呑まれてのこのこ近付いて行くと、背中を舐めて頂戴、変な匂ひがついちやつたらしいのよと、有無を云はさぬ命令を受けた。尤も左様な女王然とし

た振舞ひは吾輩に対してのみならず、パブリック、ガーデンに出入りする雄猫全体に及んで居る。（三）

名無し猫は、一次テクストにおいて西洋人を目にした事がないのだが、上海に来てからはもちろん西洋人を見ているはずであるし、パブリック・ガーデンには残飯を持ってきて猫に撒く英国領事館員の妻の姿も登場している。西洋人や、西洋の雄猫に対してそれほど異文化、異人種という描写を行っていない名無し猫が、マダムの描写だけは非常に丁寧であり、その美を文化的視点から捉えている。これは、一次テクストにおいて、名無し猫が人間の男女や雄猫に対して美というものを全く感じていないところと同様である。一次テクストにおける唯一の牝猫三毛子には、「三毛子は正月だから首輪の新しいのをして行儀よく縁側に座つて居る。其背中の丸さ加減が言ふに言はれん程美しい。曲線の美を尽くして居る。尻尾の曲がり加減、足の折り具合、物憂げに耳をちよいちよい振る景色等も到底形容が出来ん。ことによく日の当る所に暖かさうに、品よく控えて居るものだから、身体は静粛端正の態度を有するにも関らず、天鵞毛を欺く程の滑らかな満身の毛は春の光りを反射して風なきにむらむらと微動する如くに思はれる」（二）という賞賛が与えられている。この繊細さと比べて、マダムの美の強調は、三毛子の名無し猫を「先生」と慕う態度と、マダムの女王然とした態度という内面性もあり、対照的と言える。また、一次テクストでも二次テクストでも、名無し猫は雌猫の美を語るとき、非常に雄弁でありながら皮肉な言葉を挟まない。

ホームズとワトソンの飼い猫（二次テクストでは、この猫たちのことを「ホームズ」「ワトソン」と呼んでいるので、以後それに倣う）は、苦沙弥殺害事件を猫たちに報告している場面で登場する。

そこ迄吾輩が報告した時である。不意に四阿亭の暗がりから耳慣れぬ声が聞こえた。

「新聞の報道の通りだとすれば、警察は物盗りの犯行なんて云ふ戯言を本気にしてるんぢやあるまいね。さうだとしたら日本の警察は余程無能と見える。我が倫敦警察のレストレード君やジョーンズ君にしても冴えた所は少しも無かつたが、そこ迄ではさすがになかつたからね」

見ると灰色の猫が暗がりに佇んで居る。はじめて見かける猫だ。と傍らには短い尻尾を持つた、胸が白く背が黒い、やはり見知らぬ猫がもう一匹坐つて、詰まらなさうに頭を後肢で掻いて居る。（四）

これは、明かにシャーロック・ホームズをパスティシュした文体であり、ホームズの性質をそのまま猫に移植したキャラクターである。また、ホームズの活躍をワトソンが名無し猫に報告する構図も、シャーロック・ホームズにおいて、ワトソンが記述者となり読者へ報告する構成をなぞっている。

以上のように、伯爵、将軍、虎、マダムは、当時の世界情勢から見た各国の性質を帯びているが、ホームズ、ワトソンは、シャーロック・ホームズを代表とするミステリー、謎解きを象徴する役割を負っている。しかし、伯爵や将軍から見れば「英吉利出身とお見受けするが、さすがは太陽の没せぬ帝国の猫、元気ばかりは一人前と見える」（四）、「（略）英吉利猫には妙に取り澄ました輩が多くて気に入らん」（四）、というように、自己と同様ホームズ、ワトソンにも、国を代表する性質を付与している。ホームズ、ワトソンからすれば、伯爵や将軍らはミステリーに登場する典型的性格を持った猫たちとして捉えられている。パブリック、ガーデンに集う猫たちは、列強各国の代表としてその人間的特長を与えられているのと同時に、二次テクストにおける「苦沙弥殺人事件」の探偵役をも担っている。そして、彼等は自己の持つ役割を一つに絞り、互いに相手に対して自己の持つ役割から考えられる性質を投影しているのである。

奥泉光と芳川泰久氏の対談「漱石と遊ぶ ――『「吾輩は猫である」殺人事件』をめぐって」（前掲）において、

奥泉　（略）漱石の『猫』との一番の違いは、猫が行動するという点なんですね。
芳川　それに、連帯する猫たちですね。
（略）
奥泉　近代小説の主人公たる実を示すということが必要だということですね。ビルドゥングス・ロマン（成長小説）的な吾輩といいますか。

芳川　吾輩も、父性に目覚めかけますね。
奥泉　漱石の『猫』であれば、三毛子を助けたりはしないと思うんですよ。でも、僕の小説の吾輩は、今や連帯してますからね。連帯してる以上は行動もできる。
芳川　その点、猫でありながら反猫的ということになってもいる。
奥泉　だと思います。漱石『猫』の延長にあるんだけども、やっぱり漱石はあくまで語りの装置として猫を小説中に置いている面が強い。それに対して僕の猫は近代小説の主人公の色彩が強いと思います。

と、述べている。一次テクストの名無し猫が白君、三毛君、黒と三毛子、それも二章までで猫との交流を絶ってしまい、以後人間との関りから孤独とアイロニーを増すようになるのに対し、二次テクストでは、最後まで猫たちと関ることで、物語が進むにつれて明るく行動的な性格へと変貌する。それは、このミステリーの謎が、苦沙弥を殺した犯人探しであると同時に、名無し猫自体の正体を知ることにあるからである。

一次テクストでは、名無し猫は自らの出自を考えることは無く、他者を読者に報告すること(奥泉のいう「語りの装置」)のみに従事していた。しかし、二次テクストでは、虎君やホームズの疑問から、名無し猫自体の出自が謎となり、それを解決する方向へと物語が進む。ここで問題なのは、名無し猫自体は自らの出自にそれほど感心が無いということであり、この気質は一次テクストと変わらないのである。ただ、一次テクストでは、人間とは言葉が通じない為、人間から猫の存在自体に疑問を投げかけることはなかった。そして、猫が他者に疑問をもつ他なかった状況であったが、二次テクストにおいて、より深く理解しあえる仲間たちと出会うことで、名無し猫自体に問題が集中する状況が可能となり、名無し猫自体が自己を考える物語（奥泉のいう「成長小説」）となったのである。一次テクストは、〈「猫同士の相互交流」から「人間への一方的観察」〉〈「理解」から「孤独」〉というように、名無し猫が「語りの装置」として浮き上がる構成となり、最終的に一匹で死へ向う報告を行うという、最も孤独な状況で幕を閉じる物語であった。対して二次テクストは、〈「孤独」から「仲間」〉〈「不可解な自己」から「自己存在の解明」〉〈「不可解な観察対象である苦沙弥の友人達」から、「彼らの行動の理由付け」〉というように、一方的に見て不可解だったものが、たちどころに理解されていくのである。

また、『吾輩は猫である』においては、主人公の猫が名無しであるということ、名無しであるが故に何者にも成り得るということが大きな意味を持つ。『「吾輩は猫である」殺人事件』において、奥泉は、登場する主要な猫たち全てに名付けをする。まず、奥泉は、主人公に「(日本の)名無し君」(三)という名をつけ、他の猫にそう呼ばせる。そして、二次テクストの最終部、三毛子に名無し猫の子供が居ることを知った名無し猫は、〈父〉という名を与えられた。作中で一度もそう呼ばれてはいないが、名無し猫が父であることは二次テクスト内の明確な事実なのである。また、二次テクスト自体が名無し猫の存在するべき場所を捜し求める物語であり、最終的に〈父〉という名が、場所をも示しているのである。

（2）猫と狗

二次テクストにおいて唐突に狗が登場する。最初は侍狗として、次にバスカビル家の狗[5]として。芳川泰久氏は『漱石論[6]』において、『彼岸過迄』で敬太郎が、田口から依頼される探偵を「人の狗に使われる不名誉と不徳義を感じ」ることから、このような代行的な探偵を「狗＝探偵」とし、『吾輩は猫である』において、猫が誰にも依頼を受けず探偵行為を行うことを指し「人間を観察する精神分析医的な探偵行為」として「猫＝探偵」と名付けている。「狗＝探偵が主人＝依頼者という超自我からの指示と命令で行動するのに対し、精神分析医としての猫＝探偵は誰の依頼をも受けず、むしろ謎の発生とともに自らを探偵とする存在にほかならない」というこの論は、二次テクストで狗と猫が置かれている立場を明確に示している。芳川氏の論からすれば、探偵という行為においては、猫は人間（漱石）の理想としてあり、狗は現実の抑圧の強化されたものとしてある。奥泉光と芳川氏の対談（前掲）において、奥泉が「最終的に猫と人間は、ある幻想的な形で関わりますが、やっぱり猫と人間は対立できない。対立するのは狗なんですよ。とするならば、狗と猫は和解しなきゃいけない」と述べている。バスカビル家の狗が、猫の行く手を随所で阻むのは、猫と人間との接触を妨げる役割があるのかもしれない。

しかし、途中で狗は猫とテレパシーを交わし、人間からの解放を願う。最後には人間を裏切り猫の味方をする。人間の理想と抑圧を映す猫と狗が和解したとき、中途半端な自由と抑圧によって自己の能力に対する判断力を失った人間は、二次テクストの最終部、ドタバタ喜劇において滑稽な人間味を表現する。圧倒的な抑圧の下にある狗の葛藤は、一面的にしか描かれない猫よりも、より高度な問題意識を負っているように思う。

五、物語について

奥泉作品の全体的な傾向として倉林靖『奥泉光論――「砂漠」と「超越」』[7]では、『葦と百合』[8]『ノヴァーリスの引用』『「吾輩は猫である」殺人事件』を考察し、「なぜ奥泉の小説には、このように過去の状況が、ないしはパラレル・ワールド的な別世界が出現するのだろうか」という疑問をもつ。『石の来歴』においても、主人公の戦争体験と、彼の息子たちとが時空間を越えて交流を行っているように(暗示されて)描かれる。倉林氏においては、この疑問への回答を「自分が生きているこの現実が絶対確かなものだと思い込んでいる、そうした人間の『現実』の基盤の不確実性を暴くことで逆に、超越者の存在の必須さを強調するためかもしれない。自己の場所を相対化すること、そうやって自己が立っている場所の不確実性を意識すること」とまとめている。『「吾輩は猫である」殺人事件』の作品内においてもこのSF的手法は重要なのだが、この作品においては物語構造とこの手法によって、一次テクストと二次テクストの関係の「不確実性を暴」いているようにも思えるのである。

「吾輩は猫である。名前はまだ無い」。これは、一次テクスト『吾輩は猫である』の冒頭の一文であり、この作品の中で、最も有名な一文である。パロディにはもじりや地口など一次テクストの有名な文章を利用することがしばしばあり、一方ではこれこそがパロディであるとか、パロディといえばこれを指すという考えもある。しかし、続編においては、有名な文章を焼き直すことは難しい。物語を同じような状況にもっていき、もじりを使うことは可能だが、まったくそのまま同じ文章を二次テクストで繰り返すのは、一つの小説において同じ文章が二度出てくるのと同じように、格好のよいものではない。

『「吾輩は猫である」殺人事件』では、冒頭にこの有名な一文を使っている。この冒頭文には二つの理由がある。一つは、この冒頭文が主人公名無し猫の挨拶であるということ。一次テクストにおいて、冒頭文は二度登場するのだが、一つは冒頭、もう一つは近所の車屋の黒に自己紹介をする、名無し猫の台詞である。この冒頭の文章を使うという事は、新たな読者に対して挨拶をするということを表す。一次テクストと二次テクストは、作品外世界では明治と平成という時間的空間的距離をもち、作品内では一次テクスト最終部から時間的空間的距離をもつ。

本章一、二節の『吾輩は猫である』の続編二作品は、いずれもこの冒頭文を使用していない。というのも、『「吾輩は猫である」殺人事件』のみが、作品内の時間としては明治三十八（一九〇五）年十一月から明治三九（一九〇六）年四月へと、空間的には苦沙弥宅から上海へ向う船上へと、移行を明記しているのである。他二作品は、明治三八年十一月一次テクスト終了時から（少なくとも身体感覚において）開始されている。奥泉は渡部直己氏との対談『現代文学の読み方・書かれ方』(9)において「ストーリーはあるべきだ。ただ文体模写だったら、漱石と同じように書くという手もあります。つまり、再び生き返った猫が苦沙弥先生の日常を追い続ける。しかし、それは無理だし、意味もない。やはりストーリー性を出していこうと思った」と述べている。『「吾輩は猫である」殺人事件』において、一次テクストと二次テクストの時間的空間的距離を表す冒頭文は、漱石から離れ奥泉の特徴であるSFへと繋げる意味を持つ、奥泉の上記の言葉を体現したものであるといえる。この有名な冒頭文を使用することで、奥泉は「ぼくの〝猫〟が漱石の〝猫〟の読み方を変えるというのが理想」という意志を無意識にも表現しているのである。

もう一つは、物語構造上の理由である。同じ冒頭を持つ、ということは、連続した物語ではなく、そこから枝分かれするパラレルな物語を連想させる。しかし、奥泉は同じ冒頭文という問題を、構成によって補っている、というより、物語の構成上、この二次テクストは同じ冒頭を取らざるを得ない状況になっているのである。二次テクストにおいて、この冒頭文は、〈二次テクスト冒頭〉、〈猫たちに名無し猫の記憶を開示する時〉、〈送籍の原稿〉と三箇所に登場する。しかし、名無し猫が自己の記憶を猫たちに開示する内容は省略され、それは一次テクスト全体を暗示させている。また、送籍の原稿も、一次テクストの冒頭と終結が書かれているので、一次テクスト全体を暗示させている。何故、このような現象になるかといえば、名無し猫はタイムトラベルによって苦沙弥の家らしき場所に移動するのだが、この時それまでの記憶をなくしているからである。名無し猫の記憶は「吾輩は猫である」に支配されている。

『「吾輩は猫である」殺人事件』は、名無し猫の記憶の謎を解くというのも一つのテーマとしている。名無し猫は、二次テクスト最終部分において、一次テクストの終結部分の続き、名無し猫が甕に落ちた後の苦沙弥の元へと移動する。この時、猫には記憶がなく、苦沙弥も猫を飼った記憶がない。言ってみれば、一次テクストは存在せず、苦沙弥と名無し猫の最初の出会いが描かれているのである。そして、名無し猫は、苦沙弥が読んでいる〈夏目送籍〉の「吾輩は猫である」の原稿を覗き見て暗記してしまう。その後、苦沙弥が殺されるのだが、その場面を名無し猫が見ているかは描かれていない。

二次テクストでは、猫の記憶は一次テクストと同様と考えられる二次テクストの〈夏目送籍〉の「吾輩は猫である」の原稿に描かれていたものになっている。名無し猫は、自分が経験した事でもないのに、物語を読み、自分をその主人公と勘違いしているのである。そして、名無し猫は苦沙弥を殺した人間を覚えていないのだし、現実に見た苦沙弥の部屋やその友人らも記憶していない。純粋に、〈夏目送籍〉の「吾輩は猫である」だけを自分の記憶としている。名無し猫にこれ以外の記憶が無いという事は、名無し猫が何かを語ろうとする時、名無し猫の思考はこの物語に拘束されるのである。よって、二次テクストの冒頭は一次テクストと同じ、二次テクストから考えれば、名無し猫の持っている記憶の全てである〈夏目送籍〉の「吾輩は猫である」と同じになるのは当たり前の事なのである。

名無し猫自身の状況としては、セルバンテスの『ドン・キホーテ』と同じである。ただ、『ドン・キホーテ』は主人公の住む物語世界と、主人公以外の登場人物の物語世界が異なり、そこに狂気が描かれる。対して、『「吾輩は猫である」殺人事件』では、主人公の住む物語世界と、主人公以外の登場人物の物語世界が同じであり、そこが『ドン・キホーテ』と異なるので、猫は狂人にはならない。しかし、主人公と、主人公以外の登場人物の物語世界が同じならば、一次テクストから離れ新たな局面へと向っていく二次テクストにおいて、主人公の住む物語世界が一次テクストを保持することはできるのだろうか。

これは、二次テクストの物語構造の不可能性において為される仮説である。主人公名無し猫の記憶が一次テクストである夏目漱石の『吾輩は猫である』とするならば、名無し猫の無意識にある『夢十夜』の物語はどこから混入したのであろうか。虎君の推理において提示された、曽呂崎のもっていた「夢一夜」には、名無し猫の夢の一部、テクスト外世界でいうと漱石『夢十夜』の第一夜の物語が書かれていた。虎君の推理によれば、苦沙弥殺害事件の夜、名無し猫は苦沙弥の傍らで「夢一夜」を覗き見て居た。そして「夢一夜」の記憶と、苦沙弥殺害の記憶が混同され、忌まわしき記憶を隠蔽した。催眠によって呼び出された記憶は断片的に隠蔽された記憶を語ったものである、ということになる。名無し猫が「夢一夜」を読んだとして、それまでの流れから考えて、深夜に硝子戸から訪れる人間が持ってきたことが考えられる。そうすると、「夢一夜」を送った人間が犯人、という虎君の推理は部分的に正解となる。では、「夢一夜」以外の『夢十夜』の内容を名無し猫はどこで読んだのか。

そして、もう一つの疑問は、夏目漱石『吾輩は猫である』を実際に生きていない名無し猫はどうして見世物小屋で見た多々良三平君が分ったのか、ということである。苦沙弥殺害の新聞報道においては、文字情報という点で名無し猫の見た漱石「吾輩は猫である」と同様であるから、名無し猫が記憶と符合させて理解することが出来る。しかし、名無し猫が実際に多々良三平を見たのは見世物小屋が初めてである。その後も、苦沙弥の友人たちを見て理解することが出来るのは何故だろうか。

これらの疑問によって、タイムトラベルによって名無しの猫の記憶がリセットされ、夏目送籍「吾輩は猫である」の記憶によって二次テクストが構成される、という構造が破綻している、と指摘するのは簡単である。しかし、一つの前提条件を改めれば、この構造の破綻はすっきりと理解される。私がここで提示したいのは、夏目送籍の「吾輩は猫である」と、テクスト外世界に存在する夏目漱石の『吾輩は猫である』は、冒頭部分と終結部分以外は異なるテクストであるという仮説である。この仮説は、一次テクストと二次テクストの関係性を問い直す。パロディの関係として二次テクストは『「吾輩は猫である」殺人事件』全体ではなく、その一部作中の夏目送籍の書く「吾輩は猫である」に絞られる。それがどのように書かれているかはわからないのだが、ここで一つクッションを挟むことで『「吾輩は猫である」殺人事件』の中に、夏目漱石の『吾輩は猫である』は存在しない。一次テクストと思われていたものが実は二次テクストで、二次テクストと思われていたものが実は二次テクストから派生する小説（場合によっては三次テクスト――この場合〈自己パロディ〉という要素もみられる。SF的展開を用いている時点で十分自己パロディといえる）となる。

このように考えると、『「吾輩は猫である」殺人事件』は、読者に対して続編という体裁をとっているように見せながら、実際は、夏目漱石『吾輩は猫である』から直接的な接続を行っているのではない、ということがわかる。では、この小説を続編とすることに異議があるかというと、ない。私が〈夏目漱石の続編作品〉を集める際に定義した続編とは、一次テクストと主人公の一見した同一性、同一の設定というもので、その点では『「吾輩は猫である」殺人事件』はクリアしている。ただ、この小説の構成が一次テクストの内容だけでは不可能なものを含むので、構成上夏目送籍の「吾輩は猫である」を挟む必要があるということなのである。

　このように提示された物語が、小説を読み進めることで破壊され、新たな物語に書き換えられることを、芳川泰久氏は『小説愛』[10]で「〈二枚のトーラー〉」と表現している。『「吾輩は猫である」殺人事件』以前の奥泉作品において、小説の中に登場する言葉、小説などが、小説を読むことで書き換えられる。この、作中において作者自身が自己の作品を批評するような構造を、私は『「吾輩は猫である」殺人事件』においても読みとったのである。奥泉光の方法は、夏目漱石の続編という自己が設定した枠組みをも意識的か無意識的か壊してしまう、それほど強いものであると考えられる。

六、結末について

二次テクストの結末は、円環構造の一点であり、この結末からまた冒頭へと戻る構成になっていることは、記した。この結末のみをとって終結感を考えてみれば、これは非常に終結感の薄い結末である。その理由は、終章のタイトルは「純然たる蛇足」であり、本来の終結は第九章であるといえるからである。ある意味、今現在の時間を語っていた九章までを考えれば、終章は、時間軸は過去だが、テクスト外から見た物語構造的には後日談のような様相を持つ。しかし、この後日談は、九章までの物語の根源となるものなので一概に切り捨てることは出来ない。作者が「蛇足」としながらも終章を加えたのは、やはりそこがこの物語の終結として相応しいと考えているからであろう。

七、『吾輩は猫である』続編三作の終結

終章の結末は、硝子戸のむこうに現れた人物に苦沙弥が語りかけ、猫がその相手の顔を見る場面で終わる。これまでの二作品も含めて、『吾輩は猫である』の続編の終結は、明確な終結感というよりも、これから事件の起きそうな場面、または登場人物の行動の途中というところで終わっている。一次テクストの〈猫の死〉という明確な終結感に比べると、二次テクスト作者たちの意識が一次テクストを終えることを希望していないという姿勢がはっきりと見出せる。

一次テクストは、物語性の少ない写生文にしては、終結感を明確に打ち出す努力がなされている。上田真「漱石文学における作品終結の論理」[11]においての分析では、「まず『吾輩は猫である』

だが、テキストの成立事情からいうと、この作品には結末が四つある」としている。一つ目の終結は『吾輩は猫である』第一回の終結である。「語り手である猫が、自分の生涯を現時点から終焉まで望見して、それをしめくくる結論をつけてしまった」として「つよい『終わり』の感じ」を得ている。二つ目の結末は、周囲の要望で「続編」を書いた『吾輩は猫である』第二回の終結である。ここでは「最後のエピソードとして三毛子の死を扱」い、後日譚として「日常性の反復」が示されているとする。三つ目の結末は、小説が単行本化された第五回の終結であるが、ここは「曖昧性な終わり」である。最後の結末は猫が死ぬところなので、「いうまでもなくこの終結感は強い」とされる。

四つの結末は、短編が長編となり、単行本化し、終結を迎えるという外部的な要因によって作られる。しかし、このような経過を辿ることによって、四つ目の結末では圧倒的な終結感を作らないと、物語として終えることができない、という判断が漱石の中であったのだと考えられる。

『吾輩は猫である』に関しては、終結感がはっきりとあるからこそ、続編を望んだ二次テクストの作者たちは、物語の終結を明確にせず、一次テクストを受けた二次テクストが終わらないように意識したのではないか。それは、日本文学における終結感の弱さではなく、二次テクスト作者としての一次テクストに対する永遠性への希望だといえる。続編として物語を描く場合、一次テクストの終結感が強いほど、二次テクストではそれを打ち消す力が働くのかもしれない。

注

（1）奥泉光『「吾輩は猫である」殺人事件』（新潮社、平成八年一月）
（2）奥泉光『虚構まみれ』（青土社、平成十年五月）
（3）対談・芳川泰久「漱石と遊ぶ――『「吾輩は猫である」殺人事件』をめぐって」（『文学界』平成八年四月号、文芸春秋社）
（4）『voice』平成八年五月号（ＰＨＰ研究所）
（5）バスカビル家の狗――
「コナン・ドイルのホームズシリーズの一作『バスカヴィル家の犬』（一九〇一年八月号～一九〇二年四月『ストランド』誌）に登場する魔の犬。ホームズは、ヴァスカビル家を祟る犬の謎の解明に挑む」（マシュー・E・バンソン編『シャーロック・ホームズ百科事典』日暮雅道監訳、原書房、平成九年）
『『バスカヴィル家の犬』は、英国西部の伝説をもとに書かれた。黒犬の魔物は、人気のない道に出没し、目撃者に不幸や死をもたらすのがふつうだ。黒犬に共通する特徴は、硫黄の強烈な臭い、光を発すること、大きな体、爆発して消えてしまうこと」（小林司・東山あかね編『シャーロック・ホームズ大事典』東京堂出版、平成十二年）
（6）芳川泰久『漱石論』（河出書房新社、平成六年）
（7）倉林靖「奥泉光論――『砂漠』と『超越』」（『文学界』平成九年九月号、文芸春秋社）
（8）奥泉光『葦と百合』（集英社、平成三年十月）
（9）渡部直己『現代文学の読み方・書かれ方』（河出書房新社、平成十年三月）
（10）芳川泰久『小説愛』（三一書房、平成七年六月）

（11）上田真「漱石文学における作品終結の論理」（平川祐弘・鶴田欣也編『日本文学の特質』明治書院、平成三年七月）

第三章　虞美人草

一節　三四郎『虞美人草後篇』

一、作品について

『虞美人草後篇』は、大正十三年十二月日本書院より発行された三四郎の最後の著書であると思われる。三四郎は『虞美人草後篇』のはしがきにおいて「『虞美人草』では、其の『十九』章に於て、藤尾が自殺して了ふことになつてゐるが、あの女の性格として、復讐の快感をむさぼらないで、直ちに自ら『死』を選ぶのは些かもの足らぬ、殊に彼女は丙午である。また小野さんなるものが、果して小夜子と温順しく同棲して居られたか？ここらが『後篇』に眼をつけた予の儲けどころである」と書いている。丙午の年生まれの女性は気が強く夫を食い殺すという迷信があり、漱石の『虞美人草』においては、この丙午の迷信は、藤尾の性格の一要素を表すのだが、藤尾が小野を惑わせる物語は、甲野の制御する物語世界の中で抹殺される。しかし、三四郎は、此の迷信をも考慮に入れ、藤尾が小野を狂わせるという物語に改変している。このはしがきにある通り、『虞美人草後篇』は主に、小野と藤尾を中心に描かれている。

はじめに、漱石の『虞美人草』を確認しておく。『虞美人草』は明治四十年に「朝日新聞」に連載された、朝日新聞社入社後の漱石の最初の作品である。『虞美人草』は、漱石の作品の中では評価が高くないといわれている。西垣勤の「『虞美人草』論」[1]では、「虞美人草」は「正宗白鳥にはじまり唐木順三に代表される評価」として「通俗的封建的勧善懲悪小説」が定説とされていたが、平岡敏夫氏の「『虞美人草』論」によって、定説は「自然主義文学観がある故」の評価だとして「『虞美人草』の『道義』を封建的とか旧式道徳とか簡単にいいくたすのは誤っている」としている（西垣氏は結局、漱石のもつ観念と、小説のリアリズムとの矛盾が「虞美人草」に現れていると論じる）。通俗的封建的勧善懲悪小説と言われた「虞美人草」だが、確かにこの作品は、「我」によって動く人間たちを、「道義」によって裁く物語である。三四郎がこの物語をどのように捉えていたか、『虞美人草』には欠けている女性観と、新たな登場人物を加えた意味は何かを、続編を通して考えてみたい。

二、『虞美人草』あらすじ

『虞美人草』は、全十九章で構成される。主人公甲野欽吾の父親は外交官だったが外国で四ヶ月前に亡くなる。欽吾の母は後妻であり、欽吾とは腹違いの妹の藤尾がいる。母は藤尾に養子を取り家を継がせたいと考えており、その養子候補が小野清三である。母は、藤尾と小野を接近させるため、欽吾を友人の宗近一と共に京都旅行に行かせる。一の父と欽吾の父の間には、藤尾を一に嫁がせる約束があり、一はそのつもりでいる。物語は、この二人の居る京都から始まる。二人の宿屋である蔦屋の隣家から琴の音が聞こえる。二人は、京都で山登りや川下り、寺巡りなどをして過ごすが、そこで隣の家の琴を弾く娘に何度も会う。

その頃、東京では藤尾が家に小野を呼び英語を習っている。藤尾は父の形見であり、自分とは切り離せないと思っている金時計を小野の首に掛けて、二人の結婚を暗に示す。欽吾、一が東京へ帰る際、同じ電車に蔦屋の隣家の井上孤堂、小夜子父娘も乗り合わせる。井上孤堂は、身寄りの無い小野を大学に入れてくれた恩人である。孤堂は小夜子を小野と結婚させるべく東京へきた。小野は、博士論文を書き上げるまでは結婚できないとし、詩趣においても金においても小夜子よりも勝る藤尾との結婚を望む。甲野兄妹と宗近兄妹は共に博覧会へ行くが、そこで井上父娘を連れていた小野に遭遇する。小野は気付かないが、藤尾と一の妹の糸子は小野に気付き、欽吾と一は一緒に居る娘が蔦屋の隣家の娘であることにも気付く。藤尾は嫉妬に燃え、小野に井上父娘との関係を自白させる。一が外交官試験に合格した後、一と欽吾が甲野家の庭を歩いていると、藤尾は二人に見えるように小野に金時計を掛ける。欽吾は一に、藤尾は一のことを理解できないと言い、藤尾との結婚を諦めさせる。

翌日、小野の友人の浅井は、小野に頼まれて井上孤堂のもとへ小夜子との結婚破棄を告げに行き、その後、宗近家にて井上家でのことを一に話す。一は小野のもとへ行き、小夜子と結婚するように説得する。小夜子を小野のもとへ呼び、三人で甲野家へ向かう。小野は藤尾と大森へ行く約束をしていた。甲野家では、欽吾が家を出る準備を始め、母親がそれを止めていた。欽吾を迎えに来た糸子は母親と言い争う。そこへ、小野、小夜子、一がやってくる。遅れて、約束をすっぽかされた藤尾が怒りながらやってくる。一が、小夜子を小野の妻だと紹介し、藤尾は怒りで顔色を変える。藤尾は金時計を一にあげようとするが、一はそれを暖炉に投げつけ壊してしまい、藤尾は怒りのあまり気絶する。

三、『虞美人草後篇』あらすじ

以上が十八章までのあらすじであるが、『虞美人草後篇』はここから始まる。以下『虞美人草後篇』のあらすじを記す。

欽吾と一は諏訪湖の宿屋・鷺の湯に逗留している。小野と小夜子は結婚し、同じ宿に新婚旅行に来ている。一は、小野と小夜子が宿泊していることを知り欽吾に知らせるが、小野と小夜子は気付いていない。諏訪湖畔の本屋で絵葉書を買おうとした小野と小夜子は、そこにいた欽吾と一に気付き、気まずい思いをして、すぐに東京へ帰る。

東京では、糸子によって小野の結婚を知らされた藤尾が復讐に燃えている。その後、上野公園で小野と小夜子を見かけたこともあり、藤尾の復讐心はさらに熱くなる。小夜子に飽きかけていた小野に藤尾から手紙が届き、小野は藤尾に会いに行く。それから、小野は博士論文を友人のところで書いていると小夜子に嘘をつき、藤尾に度々会う。小野は友人の外交官佐藤に藤尾との仲を見せ付けるために、佐藤を甲野家の新年の歌留多会に招く。藤尾は佐藤に一目惚れし、小野を退けて二人は接近する。小野の異変に気付いた井上孤堂は小夜子と小野を別れさせ、井上父娘は京都へ帰る。藤尾は、井上父娘に捨てられた小野に佐藤と結婚すると宣言する。春の宵、神楽坂を一、欽吾、糸子が歩いていると、向こうから藤尾と佐藤がやってくる。ある洋食屋に人だかりが出来ている。中には、狂人となり「栴檀は嫩にして天に昇る。即ちとは鴨緑江の砂にして、女人禁制なり……」と叫んでいる小野がいた。その翌々日佐藤から藤尾へ「前車の覆るを見て後車の誡。今日以後お目にかかるまじく候」という手紙が届いた。

ここまでが、『虞美人草後篇』の二八章である。この後二九章として『虞美人草』の十九章が挿入される。物語のつながり上、小野の記述は省かれるが、それ以外は文章もそのままでほとんど手が加えられていない。

『虞美人草後篇』二十九章（『虞美人草』十九章）は、藤尾の死からはじまる。藤尾の死顔は美しく、枕元には壊れた金時計や「アントニーとクレオパトラ」の本が置かれている。一は欽吾と母の今後を考え、母に反省させ二人を和解させる。藤尾の葬式が済み、欽吾は日記を書く。二ヵ月後、外交官としてロンドンに行った一から手紙が来る。

『虞美人草後篇』は、以上のように、『虞美人草』の十八章までが前提とされ、その後からはじまる。そして、『虞美人草』十九章へ繋がる。この構成は続編としては珍しいもので、原作をそのまま引き継ぐ場合は、物語の終了した時点から始めるのが一般的である。「虞美人草後篇」のような原作への挿入型は、原作の最終部に作品を拘束される為、続編作品の発展性を阻害し、作品自体の独立性も非常に損なわれるという欠点がある。しかし、『虞美人草後篇』においては、『虞美人草』十九章自体が唐突の印象があり、そこに辿り着くまでの物語、特に藤尾の心情を想像することは読者の多くが行う作業であると思われる為、それほど違和感はない。はしがきに書かれた藤尾や小野の納得し得ない点を独自に解き明かしたい、『それからの漱石の猫』（三四郎の処女作）のはしがきのように〈後篇が欲しい〉という願望の為に続編の作品を書く行為は、原作の一読者として出発している三四郎の立場を明確にしている。しかし、この願望を基にして作品を書く姿勢は、一見すると現代で言う同人誌的パロディに近くなり、公的な出版物としての作品性に欠けるものともいえる。だが、『虞美人草後篇』が原作挿入型の構成である為に、作者の願望を原作の結末により制約することで、願望の暴走を止めることが出来ている。ともすれば、暴走しがちな三四郎の作品において、原作挿入型は非常に効果的だといえるし、物語としても、終結へと向う道筋を十分に考慮する必要があるため、高度な技術を要する。

四、構成

『虞美人草』（以後、一次テクストとする）の場面構成は、以下のようになる。

①京都　甲野・宗近
②東京　藤尾・小野
③東京　小野・井上孤堂の手紙
④京都　甲野・宗近・小夜子・孤堂
⑤東京　藤尾・小野・糸子
⑥京都→東京
⑦宗近家　藤尾母・宗近父
⑧博覧会　甲野・宗近・糸子・藤尾・小野・小夜子・孤堂
⑨甲野家　甲野・宗近・藤尾母・藤尾
⑩武蔵野　小野・浅井
⑪甲野家　甲野・宗近・糸子・藤尾・藤尾母・小野・小夜子

対して、『虞美人草後篇』（以後、二次テクストとする）の構成は、以下のようになる（続編は、正編に挟まれる形になるので、番号は分ける）。

①東京→諏訪湖　甲野・宗近
②東京　藤尾・藤尾母
③東京　小野・小夜子・井上孤堂

④諏訪湖　甲野・宗近
⑤諏訪湖　小野・小夜子
⑥東京　藤尾・糸子
⑦諏訪湖　甲野・宗近・小野・小夜子
⑧宗近家　藤尾母・宗近父
⑨上野　藤尾・小野・小夜子
⑩成田　藤尾・小野
⑪甲野家　藤尾・小野・佐藤
⑫東京↓京都　小夜子・井上孤堂
⑬甲野家　甲野・藤尾母
⑭神楽坂　甲野・宗近・糸子・藤尾・佐藤・小野
⑮（⑪）甲野家　甲野・宗近・糸子・藤尾・藤尾母・小野・小夜子

両者を比べてみればわかるように、二次テクストは一次テクストをなぞる構成をとりながら、小夜子と井上孤堂の東京←→京都の移動など、一次テクストとの連続性をも保っている。一次テクストが、甲野の道義によって小野が正しい道を選び、それによって藤尾が打ちのめされる物語だとすれば、二次テクストは、小野が再度藤尾によって道義をはずれ、藤尾の勝利と思わせながら、佐藤という正体の見えない人物によって藤尾は再度打ちのめされ、一次テクストの最終部の甲野の道義の勝利へと繋がる物語である。

二次テクストの大きな意味として、小野の行動による甲野の道義の一時的な崩壊、小野の狂気、佐藤の行動による藤尾の死、がある。

先述したように、三四郎は「はしがき」において、藤尾の復讐の未消化と小野の性質への疑問が本作を書く動機であると述べているが、その二つは、甲野の道義の効果が藤尾や小野にとってどれほどの意味を持つのかという一次テクストのテーマにも繋がるのである。同時代評では勧善懲悪の物語と批判されてきた『虞美人草』において、善によって一度は懲らしめられた悪が、再度息を吹き返し、甲野の哲学よりもより現実的な佐藤の行動によって崩壊へ追い込まれる様を描いたのが二次テクストである。

五、登場人物

『虞美人草後篇』においては、佐藤祐助という新たな人物が登場するが、佐藤は、小野の友人として二十一章の甲野家の歌留多会に現れる。外務省に勤務する佐藤を三四郎は次のように描写した。

頭髪を美しく分け、仕立おろしの、すつきりとした、仏蘭西風の背広を着てゐた。細面と中肉の合の子の、色の白い如何にも外交官らしい風采を備えてゐた。殊に、其の鼻下の美しい髭は、此の男の顔ばかりでなく、すべてをどの位引き立ててゐるか知らなかつた。ネクタイの薄紅色は些かにやけてはゐたが、それがまた此の男には非常によくうつていた。

『美男子』といふ感じは、独り藤尾のみでなく、其処にゐた女性のすべてがさう感じたのだつた。

特に、敏感な藤尾は、小野さんと話しをしてゐるのを見て、小野さんなんぞは、足許にも寄りつけないとさへ思つた。

（『虞美人草後篇』二十一。以下、章数字のみ表記する）

藤尾の父は外交官であり、父の意志としては宗近一との結婚を願っていた。これには、宗近が外交官になるという将来性もあったであろう。しかし、藤尾は宗近を断り、博士となる小野を婿養子にしたいと考えた。しかし、美男子の外交官が現れ、兄とも関係のない、自分に操れそうな男だと判断した藤尾は、再度外交官との結婚を希望する。三四郎は、藤尾が宗近を断るのは父と同一の外交官になる男だからという父権への抗議ではなく、宗近は兄と同類であり、兄によって感化せられた、自分とは敵対する人物だと考える藤尾が、小野と近い美男子の外交官ならば文句なく結婚する価値があると判断していると、二次テクストにおいて設定している。

そもそも藤尾が小野を婿養子にしたいというのは、藤尾の母親が藤尾とともに甲野家に残り、共に暮らしたいという願望があったからである。旧民法によると財産は全て夫から息子に移るのだが、この母親は当の息子とは仲がよくない。出来ることなら、息子に出て行ってもらい、娘と共に財産をもらって暮らしたいと思うのは人間として自然の道理であるように思う。三四郎の設定した佐藤の履歴は熊本にザボンの取れる庭のある実家を持つ男である。この場合、もし家も財産も甲野が手放さなかったとしたら、佐藤と藤尾の新居に母親が共に住み、幸福に暮らすということができただろうか。二次テクストの社会的体裁を気にする母親としては、娘の嫁した家に、例え新婚夫婦二人だけの家であっても、母親が転がり込むというのは、自分と息子との不仲を世間に露呈するようなものであると考えるのではないか。母親としては、あくまでも、息子が母の世話を放棄し、家を出て行くことによって、自分には非がなく、息子の不甲斐なさによってこのような事態になったというように見せなくてはならないのである。少なくとも、哀れにも自分が出て行くよりも、息子を追い出したほうがよいと思っている。であるから、母は藤尾の結婚を機に甲野を追い出すのをやめず、実家が遠い地にあるエリートの男を自分や藤尾の自由にしたいと考えている。

藤尾やその母にとって佐藤祐助が都合のよい人物であることは明白で、三四郎が新たな登場人物として彼を投入したのも、一度は藤尾のものになりながら、一次テクストと同様藤尾が裏切られるようにするためである。佐藤は、小野のように甲野の道義に説得されて藤尾を裏切るのではなく、自身の考えから藤尾を裏切るので、その過程を挙げてみる。以下は、歌留多会の場面である。

時間が経つにしたがつて、藤尾と佐藤の親密になつてゆくのが、小野さんにはよく見えて来た。さうして、藤尾が佐藤に好感をもつてゐるといふことは、嘗て藤尾が、小野さんの傍などに坐つた時に、しばしば試みたやうに、何かのことで笑ふ時に、相手の腕のあたりに顔を軽くあてて笑ふことのそれだつた。藤尾はわざとかと思はれるほどよく笑つた。さうして笑ふたびに、それを試みるのだつた。（二十一）

その後、藤尾の食べていた蜜柑の汁が佐藤の顔にかかり、藤尾がそれをハンカチで拭いているところを小野は見て、「佐藤は心持顔を赤らめた。彼れも亦藤尾に対して好感を有つてゐるといふことが、小野さんには明らかにわかつてゐた」となり、歌留多会の帰り道で佐藤を牽制することになる。小野は、藤尾は〈美人〉だが〈ヒステリック〉で、自分以外の男が好感を持つとしこたま〈恥をかかされる〉といい、〈変人〉の甲野欽吾の妹だから性格は押して知るべしだが、藤尾の性格を一番よく知っているのは自分ばかりだ、と言う。

ここで甲野の話になり、小野が「あれがまた仕様のない男でね。哲学の生齧りで、毎日ぶらぶらやつてるらしいよ」というと、佐藤は「あの男は面白さうな男だつたぢやないか」という。佐藤は甲野に対して悪印象はもっておらず、どちらかといえば好感をもっているようだが、それは藤尾の居ない場所での会話である。

小野は続けて、藤尾は「僕が顔を見せなきや、何もかも手につかないほど淋しいといふものだから」毎日行くが、他の男が来ると兄貴（甲野欽吾）が頭から怒鳴りつけ、母親が面と向って厭なことを言うのだ、という。佐藤は、「恩賜の銀時計には、たいがいの女が釣られるからね」と皮肉を言い、小野に答える。

この時点で、佐藤は、小野ののろけを聞いて、嫌味を言うくらいには藤尾に好意をもっていると考えられる。また、その嫌味も、藤尾が小野の秀才という部分を重視しているのだという核心をついたものである。

次に佐藤が登場するのは、春先、実家から届いたザボンを藤尾に持ってくる場面（二十三）である。ここで佐藤は、小野から「明後日は藤尾と市川の桃見にゆく」と聞いていたので、家にいるとは思わなかったと言う。藤尾が不在だと知っていて訪問したのは、小野の言が本当かどうかを確かめに来たと考えられる。藤尾が「だいつきらい！あんな方と、市川三界まで桃見にゆくなんて、まつぴらですわ」と答えると、「嘘ですか」と佐藤が念を押す。また「でも、来るのは相変らず来るんでせう」、「しかし、温泉やなにかに、一緒に行らしつた事はあるでせう」、「（小野が―筆者註）ずゐぶん楽しい旅をしたやうに言つて居りましたよ」「あなたと近いうちに結婚するといふぢやありませんか」、「あなたと結婚式を挙げる頃には、（博士に―筆者註）推薦されるんだらうと言つてましたよ」という探りに、藤尾は全部嘘だと答える。佐藤は「しみじみと驚く」のだが、疑う素振りは見せない。

その後、藤尾の手に刺さった棘を佐藤が抜くことにより、二人は急接近するのだが、此の展開は定番の恋愛ドラマの運びであり、三四郎の二人の恋愛の描写から考えて、藤尾と佐藤の関係の進行を重視していないことが伺える。
小野と小夜子が別れたことを知り、藤尾とその母は小野に別れを宣告する。長く不在と言って断っていた小野の訪問を受け、佐藤と花見に行ったこと、結婚することを話す。結婚の報に、小野は「宗近君ですか」と訊ねるが、藤尾は「まあ、いやなこと！」と言って相手が佐藤だと告げる。

小野さんの顔は、凄いほど蒼味を帯びてゐた。さうして、口許は神経的に動いてゐた。

これで小野さんは、完全に宣告を与へられた訳だ。実は近頃小野さんが度度訊ねたのは、結婚を申し込むためであつたが、かう先手を打たれてしまつては、ぐうの音も出なくなつた。
（二十六）

小野が佐藤に、藤尾との仲の良さを話して、佐藤に藤尾を諦めさせようとしたのと同様に、藤尾も佐藤との結婚を持ち出し、小野に自分を諦めさせようとする。ここでの、小野と藤尾は同類として描かれ、結果的に小野が藤尾と結婚するために佐藤を諦めさせようとしたのと同様、佐藤と結婚するために小野を諦めさせようとした藤尾は、恋愛上の力関係において、小野の上位に自分を置き、自分の上位に佐藤を置いてしまったのである。佐藤と藤尾が、狂人となった小野を見た翌々日、藤尾は佐藤から「前車の覆るを見て後車の誡め。今日以後お目にかかるまじく候」という手紙を受け取り、藤尾は硬化してしまう。

佐藤の登場場面を見てみると、そこには小野のように、暗い過去を持ち学歴によって美しい女と財産を手に入れるという欲望を感じられない。あくまで、帝大を出た外交官が、美しい女と恋愛をするという設定である。それだけに、藤尾に対する強い執着心や、人情を裏切っている罪悪感は見られない。二次テクストの藤尾はその部分を見誤り、小野と同じような方法によって佐藤を落そうとしていることが、敗北の原因である。そこには、甲野の哲学はなんら関係なく、佐藤の一般的思考による男を狂わせる女への拒否がある。

西垣勤は前掲の『「虞美人草」論』において、「宗近君が持っていて、小野さんの持っていないものはこの家庭であり、それを支える資産である。卒業後宗近君は働かなくてもいいが、小野さんは働かなければならない」としている。宗近君の育ちのよさに対する羨望や、甲野家の書斎や金時計への渇望は、小野さんの「『育ち』乃至階級の故である」とし、漱石は小野さんの過去を丹念に描きながら、その部分を忘れているのではないのか、と疑問をもつ。そして「漱石の『道義』の観念と実感的認識との矛盾としてそのように描いているように思う。そして、最終的には漱石は三人の違いを『育ち』、階級の反映ではなく『人格』の違いと見たいので、結局、『道義』の観念に収斂してしまうのである」としている。西垣氏の論を受ければ、二次テクストにおいて登場する佐藤祐助は、持つ者持たざる者どちらに属しているのか。テクスト内部だけでは佐藤の家の財政事情などはわからないが、佐藤が熊本出身というのが一つのポイントとなる。熊本といえば、漱石の赴任先であるし、『三四郎』の主人公三四郎の故郷でもある。『三四郎』において故郷はまさに根となる場所である。小野さんの根無し草のイメージに対して、熊本出身というイメージは漱石作品の読者にとって〈根を持つ〉人間ではないだろうか。

佐藤と小野を比較することは、一次テクストと二次テクストを比較することに繋がる。小野の暗さ、欲望は、甲野の哲学をしてしか藤尾を裏切ることができなかった。しかし、佐藤は、明るさ、経済的無欲さによって藤尾の本質を見抜くことが出来る。無欲というよりも、人生において這い上がるために藤尾を利用しなくてもよいという余裕が、自分の人生を破滅させるかもしれない藤尾を、自分の人生と天秤にかけたとき、捨てることが出来たのである。このような登場人物は漱石の作品には登場することはないであろうが、〈藤尾＝女の本質〉を客観的に読者に暴露することには成功していると思われる。

大久保典夫は「『虞美人草』論ノオト[2]」において、

しかし、小野さんが藤尾との大森行を断念して、小夜子と結婚を決意するにいたったのは、けっして小夜子のよさを再認識したからではない。また、甲野さんが宗近君にいう「飛び上りもの」「浅墓な跳ね返りもの」（一七）としての藤尾の欠陥がわかったためでもない。ありていにいえば、小野さんは「道義」よりも「利害」を上位に置く「文明」（近代）の思想に自信が持てなかったので、その弱味を宗近君に突かれ、「真面目な処置」（一八）として小夜子と結婚を決意するにいたるのだ。

と論じている。小野の弱さは、自身の欲望や出世欲に自覚的ではなく〈インテリとしての自己〉と〈渇望する者としての自己〉を統一できていない部分にあるのではないか。そこに甲野の道義が付け入る隙があり、藤尾や小夜子、また自身の本質を見抜けないままに、決断をさせるのである。二次テクストにおいて、小野は新婚すぐに小夜子に飽きて藤尾へと回帰するが、それは「真面目」が続かないということであり、結局は甲野の道義も小野の精神の柱になり得ていないということである。小野の精神はその根無し草とされる生き方のごとく、どっち付かずに浮遊している、と三四郎は考えている。

六、女性観、結婚観について

「虞美人草後篇」においては、結婚についての言及が多い。八章では、作者の結婚観が記されている。

女は一度異性に接すると疵ものになるが、男は何十人の異性に接しても疵者にはならぬ。昨日貰つた嫁を今日出しても、何か疵があつたのだらうと、女の方に疵をつけても男に疵はつけぬ。故に二度目三度目の嫁を貰へるが、婿取りはさう容易くはゆかぬ。女には貞操を強ひるが、男自身は随分不貞操なことをやつて、平気でゐるし世間でも大して問題にしない。喧嘩両成敗だといふが、片成敗の矛盾がある。其の矛盾が大きな面をして、のさばつて平気でゐる世の中である。

また、小野と小夜子の諏訪湖畔の散歩中、遊女町に入ってしまったあとの小夜子の感想はこうである。

小夜子は、今ちらと見て来た遊女の身の上を、気の毒なものだと思つてゐた。けれども、すべての女といふ女が、男から遊女扱ひを受けてゐるといふことには考へ及ばなかつた。現に小野さんから、自分がさういう扱ひをいまに受けはしないかといふ事などは、夢にも思つて見なかつた。それだけ小夜子の心は穏やかだつた。寧ろかうして良人と歩いてゐることを、此の上もない果報ものだとさへ思つてゐた位だつた。

（十）

このような女性に対する言及は、『虞美人草』には見られないものである。前掲した西垣氏の論においても、藤尾は「男の用を足す為に生まれたと覚悟している女程憐れなものはない」（六八）と思っているのに対して、小夜子、糸子は「男の用を足す為に生まれたと覚悟していること」を誠としていることを挙げ、「漱石は近代の男女問題、とりわけ女性の自我確立の問題を視野に入れていないか、あるいはそれを抑える方向に立っているとはたしかに言える」としている。

『虞美人草』においては、藤尾に対して漱石の嫌悪の感情と同時にこれを認める部分も内在的に感じるが、「道義」が支配している言語化された作品上では圧倒的に小夜子、糸子が理想的な女性として描かれている。そう考えると、『虞美人草後篇』においては、藤尾やその母の策を練り謎を多用する態度を女の一般的なものとして「浅はかさ」といい、糸子や小夜子の態度を「世間知らず」という。結局、『虞美人草後篇』においては、藤尾も母も、糸子も小夜子も、誰一人理想的な女性とはなりえない。

このような思想をもつ三四郎だからこそ、二次テクストの終結はそれを体現しているのである。

小野は藤尾に振られて狂人になってしまった。そして、藤尾はそれを理由に佐藤に振られてしまい自殺する。これはある意味〈喧嘩両成敗〉になっているのではないだろうか。ただこれは、道義に従わない二人（小野は二度までも小夜子を裏切り藤尾へと傾いた。藤尾は父親の約束を破棄し宗近一を断り、復讐心から小野を狂わせた）に罰を与えたに過ぎない。

三四郎の書く結婚観は、小野と小夜子にはあてはまる。小野が藤尾に傾いたことで離縁した小夜子は、京都に帰ることでこの物語の表面から後退していくのだが、三四郎の論からすると一度離縁したことにより、小夜子は疵物とされるだろう。これに対して、二次テクストでは、小夜子の父が小夜子に対して、自分が小野を見誤ったのだと泣いて詫びる。しかし、小夜子と小野の離婚について、甲野家に小野と小夜子を連れてきて、藤尾の前で二人の結婚を宣言させた甲野や宗近は何一つ関わらない。甲野が結婚を拒み、糸子に対しても嫁に行くことを反対する一次テクストにおいて、小野と小夜子は甲野の道義、言い換えれば〈反・藤尾世界〉の実験台ではなかったろうか。二次テクストにおいて、この実験はことごとく失敗するのだが、三四郎に甲野を断罪する意識はないようである。

七、『金色夜叉』との関係

二次テクストの新たな登場人物である佐藤が、テクスト内でどのような意味をもつのかは、佐藤の登場場面が表しているように思う。佐藤が登場する場面は、甲野家で開かれた正月の歌留多会であり、歌留多会で男女が出逢う『金色夜叉』の冒頭場面と重なる。[3]

漱石と『金色夜叉』の関わりについては、和田謹吾の「漱石における金色夜叉――『虞美人草』の周辺――」[4]という論がある。「『虞美人草』で提示したテーマは、〈金〉と〈色〉とが第一義の生き方を妨げる〈夜叉〉である」とし、この論の中では、恩のある先生の娘を断り財産につられて藤尾と結婚しようとする小野を〈お宮〉としている。

『虞美人草後篇』では、佐藤が登場するので『虞美人草』のみの和田氏の考察とは、対応する人物からして変化するのだが、〈金〉と〈色〉を中心とした関係であることに変りはない。歌留多会の人間関係から次のように人物の変換ができると思われる。

『虞美人草後篇』

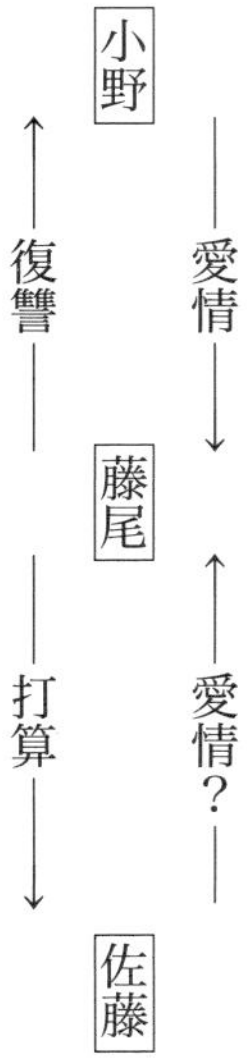

二十一章の佐藤登場の場面では、藤尾が佐藤を「此の方は、小野さんの御友人の、佐藤祐助さんとおつしやる方で、外務省にお勤めださうでございますから、ちよつとご紹介申しておきます」と紹介する。繰り返しになるが、佐藤に対する描写は

> 頭髪を美しく分け、仕立ておろしの、すつきりとした、仏蘭西風の背広を着てゐた。細面と中肉の合いの子の、色の白い如何にも外交官らしい風采を備えてゐた。殊に、其の鼻下の美しい髭は、此の男の顔ばかりでなく、すべてをどの位引き立ててゐるか知らなかつた。ネクタイの薄紅色は僅かにやけてはゐたが、それがまた此の男には非常によくうつつてゐた。

『美男子』といふ感じは、独り藤尾のみでなく、其処にゐた女性のすべてがさう感じたのだつた。

一方、『金色夜叉』の歌留多会の人物配置は次のようになる。

『金色夜叉』（一章）

貫一 ――愛情→ お宮 ←愛情―― 富山

貫一 ←裏切―― お宮 ――打算→ 富山

注目したいのは、お宮に対する描写である。「今此の如何とも為べからざる乱脈の座中をば、其油の勢力をもて支配せる女王あり。猛びに猛ぶ男たちの心も其人の前には和ぎて、終に崇拝せざるはあらず。（略）重げに戴ける夜会結に淡紫のリボン飾して」とある。『虞美人草』において〈紫の女〉と称された藤尾は、『虞美人草』十八章で小野に約束を破られて帰宅する際「濃い紫の絹紐」をして、「辱しめられたる女王のごとく」怒っている。この場面を引くまでもなく、『虞美人草』の中で藤尾は〈紫の女〉であり〈女王〉である。

また、富山の描写は「紳士は年歯二十六七なるべく、長高く、好き程に肥えて、色は玉のやうなるに頬の辺には薄紅を帯びて、額厚く、口大きく、腮は左右に蔓りて、面積の広き顔は稍正方形を成せり。（略）紳士は彼等の未だ嘗て見ざりし大さの金剛石を飾れる黄金の指環を穿めたるなり。（略）彼は富山唯継とて、一代分限ながら下谷区に聞ゆる資産家の家督なり。同じ区なる富山銀行は其父の私設する所にして、市会議員の中にも富山重平の名は見出さるべし。」とある。

富山は容姿ではなく、金剛石によって場の女性たちの注目を浴びる。

佐藤の登場とは〈容姿と職業〉と〈財力〉が異なるが、二人が歌留多会で女性たちの目を惹いていたのは確かである。「金」とは明言されないが、『虞美人草』の中で同様に価値あるものとされる学歴や職業（身分）と外見（美）によって、藤尾を中心とする世界が築かれている。小野には、貫一ほどの精神的強さがないため、金の世界でお宮を見返していくような人間にはなれず、博士になることもできずに狂ってしまうのである。

藤尾と佐藤の物語が『金色夜叉』と類似しているのは、一次テクスト以上に典型的な通俗小説として二人を描くことで、甲野を中心とする『虞美人草』の道義の世界と区別するためであろう。二次テクストは、『虞美人草』という一次テクストを持ちながら、その世界にはまらない部分を、もう一つのイポテクスト『金色夜叉』を利用することで区別しているのである。

八、結末について

『虞美人草後篇』においては、最終章がほぼ一次テクストからの引用ということもあり、独自性はそれほど見られない。一次テクストが〈ヒロインである藤尾の死〉と、〈甲野と宗近の後日談〉という強い終結感をもつため、続編を拒んでいたのだが、三四郎はその終結を再度利用することで二次テクストの構成を作った。

一次テクストにおいて強い終結感をもつ作品は、設定のみを利用するようなパロディの類や、SF的展開をもたない、自然な形の続編を作るには困難であり、このような形でしか続けられない、ということではないだろうか。『虞美人草後篇』の構成は、二次テクストを一次テクストの内部に位置させることで、一次テクストとの融合を加速させる。しかし、一方で新たな登場人物を作り『金色夜叉』などの要素も挿入することで、一次テクストとの違和感を顕在化させ、一次テクストに埋没させないようにしている。

三四郎がこのような構成において、続編を書くことができたのは、『それからの漱石の猫』『漱石傑作坊ちゃんの其の後』という二作において続編の手法を学んでだからであり、「続編」というジャンルにおいては大きな意味があるのではないかと、私は考えている。

注

（1）西垣勤「『虞美人草』論」（『日本文学』日本文学協会、昭和四十九年五月）
（2）大久保典夫「『虞美人草』論ノオト」（『作品論　夏目漱石』双文社、昭和五十一年九月）
（3）尾崎紅葉「金色夜叉」（『紅葉全集』第六巻、博文館、明治三十七年十二月）
（4）和田謹吾「漱石における金色夜叉――『虞美人草』の周辺――」（平岡敏夫篇『日本文学研究大成　夏目漱石Ⅰ』国書刊行会、平成元年十月）

第四章　明暗

一節　田中文子『夏目漱石「明暗」蛇尾の章』

一、作者について

作者である田中文子は名の知られた作家ではない。『夏目漱石「明暗」蛇尾の章』[1]の作者紹介には、

田中文子（たなか・ふみこ）

昭和二年、京都に生まれる。

昭和三十五年、新日本歌人歌集「谺」に作品掲載。

昭和四十三年、東京オブザーバー紙の懸賞論文「日本・米国・中国」（平和と日本の役割）に入選、大森実賞受賞。同氏主催の洋上大学、太平洋大学の国際政治セミナーに参加、渡米。

昭和六十四年、朝日新聞「声」に昭和四十三年より六十三年の間に掲載された三十篇

をまとめた「夕けむり」の冊子を発行。
昭和六十三年まで、英仏語にて観光通訳としてJ・T・B勤務。

とある。田中の散文の出版物は『夏目漱石「明暗」蛇尾の章』と『妖の系譜』[2]のみのようである。

『妖の系譜』は、十章の章立てにプロローグとエピローグを加えた長編で、喬子という女性主人公を中心とした物語である。資産家の父と元貴族の母をもつ喬子は、父親が芸者との間にもうけた異母妹と夫が不倫関係にあることに苦悩する。しかし、喬子自身も、実業家の夫がありながら、高校時代のフランス語の家庭教師で現在は京大講師の高柳との不倫の末子供をもうけ、夫の子として育てる。喬子の実家の罹りつけ医であった本田医師は、何かと喬子の相談を受け、親身に接する。実は喬子は、本田医師と喬子の母が不倫の末もうけた子なのであった、というあらすじである。『妖の系譜』は、喬子の母、喬子という二人の女性が、愛を得て生きていく為に苦悩の中でつむいだ物語であり、本田医師は二人の女性の奔放さからこの一族を「妖の系譜」と名付けるのである。

『夏目漱石「明暗」蛇尾の章』にも見られる方法として、『妖の系譜』においても、田中は漱石の作品を登場人物の思考や会話に登場させている。第五章、笹百合を手折って匂いをかいだ喬子は、漱石の『それから』を思い出し、自身の境遇と比較する。また、第八章では、本田医師の発言に「かわいそうだた惚れたってことよ、って『三四郎』にあるでしょう。漱石の女性観の基本のような気がします」とある。エピローグでは、本田医師が、自分の息子が喬子に惹かれていたことを知り、「その時は漱石の、『趣味の遺伝』という作品を思い出したりして、これは天罰か、と冷たい汗をかいた」という感想をもらしている。

また、『妖の系譜』の主人公喬子という名は、『夏目漱石「明暗」蛇尾の章』において、お秀の友人として登場する「喬子」と同名である。「喬子」は『夏目漱石「明暗」蛇尾の章』において重要な役割を負うので、そこから派生したであろう『妖の系譜』は田中の自己パロディともいえる。

田中文子の作品は、物語や構成の点からみると、ポスト・モダン的斬新さではない。しかし、田中は物語をつむぐと同時に、物語の要所に必要以上に漱石作品や自己の他作品の要素を挿入している。『明暗』の続編としての意味付け、『明暗』（以後、一次テクストとする）と、『夏目漱石「明暗」蛇尾の章』（以後、二次テクストとする）の関係性とともに、田中の作品におけるハイパーテクストの意味を考えてみたい。

二、田中文子による『明暗』のあらすじ

『夏目漱石「明暗」蛇尾の章』に目次は無い。中扉を開くと、「『明暗』絶筆まで」とあり、『明暗』のあらすじが三頁にわたり書かれる。あらすじが終わると頁を改め「夏目漱石『明暗』蛇尾の章」という表紙が現れ、その後ろには

この一篇を
漱石の正しい読者である
妹　良子に献げる
平成三年　冬

田中文子

とある。次の頁から、『明暗』終結の「一八八」章の続きとして、「一八九」が始まる。私が今回選択した二次テクストとなる作品の中で、一次テクストのあらすじを載せているのはこの作品だけである。

『続明暗』のように一次テクストの終結部本文を掲載することなく、唐突に二次テクストを開始する『夏目漱石「明暗」蛇尾の章』の方法は、（あらすじを除いた）本文だけを見れば、二次テクストが続編という形式を重要視していることが伺える。二次テクストが拒否しているのは、『明暗』の漱石の文章ではなく、続編の中に正編の文章を挿入することの奇異さである。そこには、〈正編と続編は同一作者である〉というパロディの前提がある。連続して読む場合、正編の最終章と続編の開始の章に同じ文章があることは同一作者ならば奇異な手法である。しかしこの手法は、読者の求める一次テクストと二次テクストの対比・変化の分析を拒否し、一次テクスト最終章本文から二次テクスト開始章本文への滑らかな繋がりを断っていることになる。田中が無意識的に行ったであろうこの構成は、水村美苗の『続明暗』以上に、二次テクストにおける作者を漱石と仮定した構成を強調している。

まず、漱石の『明暗』のあらすじであるが、田中文子の『明暗』に対する理解を知る為に、田中のあらすじをそのまま引用することとする。

津田由雄は、上司の吉川夫妻の媒酌で、吉川と親交のある岡本の姪、お延と半年前に結婚し、表面は円満に暮している。しかし津田には、彼に好意的な吉川夫人を通じて知り合った清子と、愛し合っていると信じていながら、一年前突然逃げられ、友人の関の許へ嫁がれてしまった、という過去がある。

お延は、自らの意思で選んだ夫の愛を独占したいと焦立っているが、鋭い彼女は、夫の心に他の女が影を宿していることを感じ、津田の妹のお秀や、彼の友人小林からもそれを暗示され、真相を突き止めようと躍起になっている。しかし勝気なお延は、自分が愛されていると、岡本の叔父夫婦、いとこの継子、義妹のお秀などに誇示せずにいられず、津田に高価な宝石を買わせたりして、それが吉川夫人やお秀の反感を買っている。

津田夫婦は派手好みで、津田は京都の父から月々の援助の仕送りを受けているが、質素を旨とする彼の父には息子夫婦の生活態度が気に入らない。「都合で今月は送金できない」旨の通知の手紙を父から受け取った時、津田は医師から外科手術の必要があると告げられ、余分の出費の工面を迫られる。

兄の不足分を調達しようと、見舞かたがた金を持って入院中の兄を訪れたお秀は、持前の理屈っぽい性質から、兄の性格を批判し、金の受けとり方に註文をつけて口論となる。

そこへお延も又、叔父の岡本から貰った小切手を持って現れ、夫婦ともお秀の好意を素直に受けようとしない。お延の、表面はていねいながら、生意気にお秀を出し抜いた態度が、小姑お秀を激怒させる。怒りに駆られたお秀は、吉川夫人にその不満を訴えるが、日頃からお延を快く思っていない夫人は、「お延さんの教育」という名目で、自分の思い付いた「秘策」を提案し、お秀はそれに同意する。

関と結婚した清子は、流産後の養生のため、湯泉宿に逗留中である。夫人の「秘策」とは、手術後の津田を、その宿に赴かせ、二人の中途半端な状態にはっきりしたけじめをつけさせ、一方、津田の留守中に、夫人はその事情を利用して、お延のうぬぼれと慢気を除いて、彼女を奥さんらしい奥さんに教育する、というものである。

見舞に来た夫人から、その秘策の実行をすすめられた津田は、夫人の言う「お延さんの教育」が具体的にどういうものか夫人が説明してくれないので、夫人の「実意」は信じるが、「実意の作用」については危ぶむ。しかし夫人の強引なすすめと、一方清子に再会できる期待も有って、結局は承諾してしまう。

津田の年来の友人小林は、社会主義者を気取る一見無頼の徒。津田の留守に、お古の外套をもらいに来て、お延に津田の昔のことをほのめかしたりして嫌われるが、津田の性格を良く見抜いている。津田の誇る「余裕」は彼の現状に満足しない性格と相まって、かえってマイナスに働く、と津田に忠告し、近い将来に彼を見舞うであろう波乱を予言する。

津田夫妻の背景には、上流社会に属する吉川家、お延の叔父夫婦岡本家といとこの継子、富裕な堀家にきりょう好みで望まれて嫁いだお秀の、豊かな生活と、津田の叔父夫婦藤井家の、中流の、地味ながら人間味のある暮らし向きが、それぞれの社会的地位を負って描かれている。

お延を漠然とした不安な状態に置いて、津田は湯治場に赴き、清子を驚かせる。吉川夫人から見舞に貰った果物籠を、夫人から清子への見舞にすり替えた津田は、それを手がかりに清子と一年ぶりに話を交わすが、昔と変わらぬ清子の淡白さに、自分の疑問を解く手がかりをどうしてつかもうか、と思案している。

田中のあらすじを読む限り、田中は登場人物の綿密な人間関係よりも、登場人物それぞれの根本的性質に重点を置いているように思う。水と油のような津田と小林の間にある友情や、お延とお秀の間にある容貌や性質を基にした確執にはあまり触れていない。また、お延が岡本から得た金でお秀をやりこめた時に、お延と津田が共有した精神状態の重要性（互いに向かい合えば不安になるが、互いに同じ敵に向かえば共感を得られる夫婦）についても触れられない。

三、『夏目漱石「明暗」蛇尾の章』のあらすじ

『夏目漱石「明暗」蛇尾の章』は、『明暗』の終結部の次章から始まる。

清子は津田にもらった果物を持って津田の部屋へ行き、散歩に誘う。宿にいた浜の夫婦と清子、津田で滝を見に行くが、病後の津田と清子は途中で一休みする。津田は山の中で飼いならされた犬が野生に帰るように世俗の規範を超えて清子に何故関と結婚したのかを尋ねる。清子は、津田と吉川夫人の姪の由紀子が仲の良いこと、津田が吉川夫人の思う通りに行動すること、津田を想いながらも津田の心がわからず神経が疲れていたこと、神経が耐えられず結婚を申し出た関を選んだことを話した。そして、津田に「それで、貴女は今、仕合せなんですか」（『夏目漱石「明暗」蛇尾の章』一九三。以下、章数字のみ表記する）と訊かれた清子は、「心がわくわくするような幸福というのではないかも知れないけれど、何の不安も無い穏やかな月日を送っているのよ。こういうのを、仕合せというのでしょうか」「人の噂では、貴方こそ、大変お仕合せだと伺ったわ」（一九三）と答える。この答えに対し津田は、「心がわくわくする様な幸福」とは自分との結婚を意味し、清子は、〈結婚して津田は幸福になった〉という噂に打ちのめされ、この打撃は津田と清子の現在の状態を固定したものという観念を清子に与え、それが清子の諦めを誘っ

て、今の落ち着いた態度になっている、と分析した。山の吊橋を渡ったところで雨が降り出し、偶然会った禅僧風の男に案内されて、男の草庵で雨宿りすることになる。

男は自分の誠意のなさから大切な人を失い、世を儚み、鎌倉の禅院の門を敲いたが、生活に体がついていけず、一人で山の中に住むようになったと語る。男の話に自分を重ねた津田は道を聞く心構えで男と対していたのに、「そろそろ町の灯が恋しくなって来ています。案外もうすぐ引き上げるかも知れませんよ」（一九七）という男の言葉にぽかんとしてしまう。しかし、男の容姿が津田に似ているとわかった清子は、神様が心を入れ替えた津田に会わせてくれたのだと思い、自分を「慰めて下さっているのか、と思いましたわ」と言う。津田は「慰め」の意味が解らず、清子は関との生活に悩んでいるのかもしれないと方向違いに考える。清子は津田が自分の真意を理解していないことを知り、津田に真実（結婚の破談は津田自身に問題があった）を告げるのは津田の自尊心を砕くことになるので、ぼかしておこうと考える。

宿に帰った津田は女中と軽妙な会話をする。この部分は漱石の『二百十日』の掛け合いに近い。その夜、自分が禅僧風の男に似ていると知った津田は「慰め」の意味を図り、やはり清子は自分を愛していると考える。翌朝、小林の幻影に説教をされながら、津田は渓流を上り、大銀杏を見つける。津田は大銀杏を怪獣のように感じ（天の制裁だ！）（二〇五）と心中で叫びながら山を降りた。

東京ではお延が吉川夫人のお見舞いの品である楓の鉢植えの葉をむしって、吉川夫人への鬱憤をはらしていた。そこに、藤田由紀子の結婚式の招待状が届く。岡本へ行ったお延は、藤田由紀子が吉川夫人の姪であり、夫人のサロンにおいて津田と仲良くしていたことを知る。しかし、継子の持ってきた雑誌のグラビアに載る藤田由紀子を見て、男が恋愛対象にする女性ではないと感じる。お延は藤田由紀子を「絵にはなっても、詩にはなりにくい方ね」と表現する。

同日、お秀は吉川夫人がお延にどのような教育をするのか不安に思っていた。その時、女学校時代の友人竹内美也子が尋ねてきて、同じく女学校時代の友人であった喬子が自殺したと聞く。秀才の大学講師と結婚する予定だったのだが、その講師に京都からの許婚がいたと知り、喬子は薬物自殺したのだった。お秀は気位の高い喬子とお延が同じ行動にでるのではないかと考え、津田の家に行き、お延に吉川夫人の計画、津田と清子を温泉で会わせているという事実を伝える。あくまでも吉川夫人の計画を阻止しようという気持ちだったが、すべてはお秀が告げてしまった。

お延は翌日、温泉に向かった。宿に着いたら運命と向かい合わなくてはならないと思ったお延は、山を歩くことにする。渓流に佇んでいると、髭だらけの津田のような男（実際は禅僧風の男）が現れ、お延は男の表情に優しさを感じた。その時地震が起こり、転落したお延を男は救出し、自分の庵に連れて行った。

その夜、津田はさまざまな人が出てくる夢を見る。夜中に目覚めた津田の許に、お延が怪我をしたという知らせが届く。すぐに禅僧風の男の庵に向かった津田は、「お延、おれを許してくれ」（二一七）と呻く。津田の傍で禅僧風の男は月明かりにそびえる大銀杏に向かって祈っていた。男は銀杏を観世音菩薩といい、共に祈ろうと津田に語りかける。昨日は怪獣に見えた銀杏は今日は菩薩に見えた津田は、男と共にお延の回復を祈った。

四、構成における類似

一次テクストは五つの場面に分けることが出来る。

①東京　津田の入院までの津田夫婦やその周囲の人々の描写
②東京　津田の入院
③東京　津田、お秀、お延の緊迫した口論の場面
④東京　清子（その行動）を謎とした各人の描写
⑤温泉場　津田と清子の再会

対して二次テクストは四つの場面に分けることが出来る（続編と考えて続けて番号を振る）。

⑥温泉場　津田、清子、禅僧風の男の出会い
⑦東京　お延が岡本家で吉川夫人と藤田由紀子の話を聞く
⑧東京　お秀が友人の死から、お延に清子のことを告げる
⑨温泉場　お延、禅僧風の男、津田の再会

物語は、東京から温泉場へ向かうことで展開を見せる。⑥は、⑤の続きとして存在するのでまとめて一つと考えれば、二次テクストは、また東京から温泉場への移動を繰り返していることに

なる。

⑤において温泉場は津田と清子二人を中心とした世界であった。津田が東京にいる人々を思い出すのは、絵端書を書く場面（一八一）だけであり、それも特別に休暇を与えられた病人や、家を留守している旅人としての立場上のものであり、他は絵端書を消費する為の行為に他ならない。しかし、⑥では津田は清子とお延を無意識に比べている。そして、清子は津田と禅僧風の男を比べている。また、津田と関とを比べ「夫の価値を津田との比較によってはっきりと知ることが出来た」（二〇二）と気付く。

その大自然の中に、津田は今、清子と二人でいた。天地四方を眺めても、二人以外誰一人として見当たらぬ大自然の中にあって、津田には今まで自分を律していた常識が、全く価値を失って見えた。

清子が今は人妻で、自分にもお延という妻があるという現実は、単なる世事であり、今自分の全身を揺さぶっている激情こそが、天意にかなった唯一の真実で、その真実から発した行動こそが世俗の規範を超えたモラルなのだ、と思えた。

それは都会の人家で飼い馴らされた犬が、ある日大自然の中に放されて、突如野生に帰ったのに似ていた。（一九一）

このように津田に精神的な解放を吐露させることは、温泉場を中心とした清子との物語を大きく動かす要因となる兆しをもつ。しかし、津田と清子の心理に常に他者への比較を行わせることで、津田の精神の解放を人間関係の面から制約し、二人の感情のバランスを保ち、また二人の間に劇的な変化が起こらない為のブレーキとしても作用している。

また、⑨も温泉場を舞台にしているが、一次テクストの⑤で吉川夫人の計画により津田が清子に会いに来たように、⑨でも吉川夫人の計画を聞いたお延が津田に会いに来る。人物の動き、場所の設定などは、二次テクストは一次テクストをなぞる形で構成されているといえる。

五、一次テクストの謎を解くことを主題とした物語

未完である『明暗』は、様々な謎を残しているが、ここでは、その内の代表的な四点を『夏目漱石「明暗」蛇尾の章』でどのように解決しているかを考えてみたい。

(1) 清子の離反

『明暗』の研究論文では、清子に対して聖女説と非聖女説がある。山下久樹「漱石『明暗』論」(3)には、

今迄の『明暗』論においても、結末推定がそのまま作品主題を如何に考えるか、に直結している。先行諸説を大別すれば、ほぼ二つに分けられる。一つは、清子＝聖女とすることで、清子により津田は信念更生する、という立場である。「則天去私」の具現化と見なすことで、一応の説得性を持っている。（小宮豊隆氏の緒論が最初にして最も代表的である）いま一つの論は、津田は信念更生できずに死んでしまう、とするものである。

（略）

小宮豊隆氏の緒論（『夏目漱石』昭和十三年七月・岩波書店刊、『漱石の藝術』昭和十七年十二月・岩波書店刊）や岡崎義恵氏の説（『漱石と則天去私』昭和十八年十一月・岩波書店刊、『漱石と微笑』昭和二十二年三月・生活社刊）によれば、津田は聖女清子により救済されるとする。しかし、現在では、津田自身に自己省察を徹底化させることによって津田の救済は可能である、という桶谷秀昭氏の説や、高木文雄氏の、津田をはじめ登場人物たちは天意により何らかの変化をうけるであろう、という説（『漱石文学の支柱』昭和四十六年十二月・審美社刊）、また、小坂晋氏の、清子は聖女だが、津田は否定される、とする立場（『漱石の愛と文学』昭和四十九年三月・講談社刊）などがあり、一応、清子聖女説と津田更生説とは切りはなしておきたいのである。

（四）

という、聖女説の根拠が示されている。その上で山久氏は、清子聖女説を否定している。清子が描かれる場面は殆んどの場合、津田の眼を通しての描写だが、ごく少ない場面ではあるが作者が直接に清子の姿を描いている部分があるという。山久氏は、清子の行動から、清子が「津田に突然背を向けて違う男に嫁いだ自分に対して津田がその理由をききたがっているのを恐らく知っている」と考えている。

作者が描く清子は「無私な聖女ではなく、津田に対してこだわりを持っており、それをわざとかくした技巧によって彼に接している。一方、津田は自らの錯覚によって聖女と思っているにすぎない。／清子を、漱石はそのように描いている」として、清子が聖女であるという論に異を唱えている。

清子が津田に取った態度が、思わせぶりにも無邪気にも感じられるのは、読者が清子の人物像を摑む以前に、物語が途切れてしまったからである。そして、清子の人物像が津田の眼からでも、作者の視点からでも伝わってきたならば、清子に対する読者の関心は〈何故清子は、津田から離れていったのか〉という点に移り、それを踏まえて〈清子は今、津田をどう思っているのか〉という点に移行するだろう。そしてそれは、津田を通して解明されていくはずである。

田中は、二次テクストにおいて、清子自身を視点人物としている場面を作る。清子の眼から見た、過去や現在の津田、という視点は、一次テクストが温泉場の場面から用いた津田を探偵役とした、清子の心理の探索という物語を、前半の東京でのポリフォニックな世界へと引き戻している。それは、清子が、津田の眼を通した聖女や、作者の目を通した非聖女という謎のイメージを背負った存在ではなく、東京にいるお延やお秀と同様に、生きている一人の女として存在していることを示している。

二次テクストでは、一次テクストの後半を牽引する津田の疑問〈清子の離反の理由〉〈現在の清子の気持〉が、清子の思考から明確に説明される。清子は吉川夫人の姪である藤田由紀子と津田が仲良くしている場面を、津田や吉川夫人に見せ付けられていると思っていた。津田の回想からこの時の津田は無意識であったようだが、吉川夫人の傀儡である津田は吉川夫人の悪戯心の意のままになっていると清子には映る。清子は、由紀子が津田に恋愛感情が無いことはわかっていたのだが、吉川夫人の悪戯心や、夫人の言いなりになっている津田の心が読めず、兄に勧められた結婚を選ぶ。

清子が思う夫の条件は「意図のはっきりわかる男」という、津田とは正反対の人間である。この点で、清子が津田を選ばなかった理由と、お延が一次テクストで「腹の奥で相手を下に見る時の冷かさが、それに何時でも付け加はつてゐた。彼女は夫の此特色中に、まだ自分の手に余る或物が潜んでゐる事をも信じてゐた。それは未だに彼女に取つての未知数であるにも拘はらず、其所さへ明瞭に抑へれば、苦もなく彼を満足に扱ひ得るものと迄彼女は思ひ込んでゐた」（百五）と思う理由は同じなのである。二人とも、態度に出ない津田の本当の気持ちが、明確に解らないことで、不安になったのである。

二次テクストでは、津田に会った感想を清子は独白している。

一年ぶりに見る津田は、清子にはやはり懐かしい人であった。昨夜、不意に津田の姿を見た時の強い驚きは、徐々に懐かしさに移行して、山の中で一年前に遡って関との結婚を詰られ、裏切者呼ばわりされた時は、情なさに涙がにじんで来た。

しかし、清子には清子の言い分がまだまだ有った。それを敢て口にしなかったのは、清子の嗜みであった。

清子には、津田の求めているものの正体がわかっていた。しかし、津田の疑問を晴らすために、自分の心境の変化の過程を理路整然と説明することは、津田に向かって、

（貴方の人格に失望したから、身を翻して逃げたのです。貴方が女の一生を託すには値せぬ人だと悟った時、私は苦しみながら、私の心に深く根ざした貴方への愛を必死の努力で引き抜いたのです。由紀子さんが、リーベス・シュメルツとおっしゃったのは、その外科手術の痛みだったのです。私の悩みは恋の悩みではなく、恋を断ち切るための悩みだったのです）

そう告げねばならなかったのである。そう告げることが、津田にどれ程の打撃か、清子には手に取るようによく解っていた。真実を告げて津田の自尊心を粉々に打ちくだくよりも、あいまいにぼかして置いた方が津田に対して親切だ、と清子は判断したのであった。

（一九九）

理路整然と、清子が津田に離反した理由、また津田に会った時の行動の理由も述べられている。ここに描かれる清子は、聖女でも非聖女でもなく、かつて愛し、また失望した津田に、大人としての心遣いをする一人の女性である。津田が清子の本音を追う物語としては、これでは単純すぎるし物足りないかもしれない。だからこそ、今まで結末予想でこのような清子像は登場しなかったのだろう。

しかし、このように清子をお延や津田と同じ地平に立たせたことで、清子とは対照的に、過去の清子を理想化し、清子がまだ自分を愛していると信じ込もうとしている津田との対比が、新たな物語を作っているのである。

(2) お延の愛

一次テクストにおいて、

夫に愛されたいばかりの彼女には平常からわが腕に依頼する信念があつた。自分は自分の見識を立て通して見せるといふ覚悟があつた。勿論其見識は複雑とは云へなかつた。夫の愛が自分の存在上、如何に必要であらうとも、頭を下げて憐れみを乞ふやうな見苦しい真似は出来ないといふ意地に過ぎなかつた。もし夫が自分の思ふ通り自分を愛さないならば、腕の力で自由にして見せるといふ堅い決心であつた。(百五十)

という精神が、お延の愛であった。「お延が夫の慢心を挫く所に気が付かないで、たゞ彼を征服する点に於てのみ愛の満足を感ずる」（百五十）という人間として、お延は、夫の中に自分以上の愛の対象をもっていて欲しくなかったのである。

しかし、お延の愛について、飯田祐子「『明暗』の「愛」に関するいくつかの疑問[4]」では、「お延が、私はこの男（津田のこと―筆者註）を本当に『愛』しているといえるのだろうかという問いを抱かないのは何故なのだろう」（二二）という問いが発せられる。結果として「津田がお延を『愛』していない原因は、清子の存在ではなく『利害の論理』で結婚したことにあると読めるからだ。同様に、お延について振り返れば、問題は『体面』重視の恋愛観にある。清子の問題が整理されたとしても、お延が『愛』についての認識を変化させなければ、津田との関係は変らない」（二六）として、元々二人の間にあるのは、利害の上での愛と体面重視の愛なのであり、「『明暗』は『愛』という語をめぐって展開しているが、その『愛』の中味の焦点を絞ろうとしても絞りきれない。奥行きの見えない空白がしつらえられているのである」としている。

二次テクストにおいても、お延は自己の愛について深く考えることはない。二次テクストでのお延は、津田の愛が何処にあるかを不安に陥りながら探す、という方向に駆り立てられる。一次テクストにおいては、津田が清子に対して探偵的位置にある。そこで、二次テクストでは、清子の発話を提示することで津田と清子は、読者の視点としては対等な関係となった。しかし、お延は、清子の一次テクストと二次テクストとの変化を直接受けることがないので、物語中の役割として津田と自分の間にいる女性の正体を暴こうとする、探偵的立場になるのである。

その女性の候補として挙げられるのが、清子の回想にも出てきた由紀子と、お延の記憶に残っている女性である。津田夫婦宛に吉川夫妻の媒酌で結婚式を行う招待状が届く。お延は岡本の家に行き、結婚式を挙げる二人の素性を知ることになる。新郎は政治家の長男の山本氏、新婦は吉川夫人の姪の由紀子である。叔母から吉川のサロンで津田と由紀子が知り合い出会ったということを知り、継子の雑誌のグラビアで由紀子の顔を確認する。お延の由紀子に対する評は「絵にはなっても、詩にはなりにくい方ね」（二〇九）である。お延も清子同様、由紀子が津田の大切にしている人ではないとわかっていた。お延はグラビアを見ると「この女性は問題外だ」「津田に限らず殆どの男性は、こういう女性を賛美の眼で眺めても、恋心の対象とするには余りにも豪華すぎた」（二〇九）と評する。それに、お延は、岡本の家を訪れる前に、結婚前に朝顔市で津田が優しげな面影の女性に見とれていたことを思い出している。お延に「お知り合い？」（二〇八）と聞かれた津田は「他人の空似さ」とかわすのだが、お延は自分とは似ていないその女性を時々思い出して苦しめられていたのである。その女性の面影と由紀子とは似ても似つかない。お延が恐れているのは、朝顔市の女性、読者に暗に示された清子の面影なのである。

お秀から吉川夫人の計画を聞いたとき、お延は「清子さん――とうとう幻の女の名前がわかった。（略）お延にとっては、夫の心のありかが問題なのであって、幻の女が人妻であるという事は、それにも関らず、猶心を惹かれている、という強い愛の証しを示されたような衝撃であった。」（二一三）と感じている。お延は、幻の女＝清子が消えれば、夫の心が自分に戻ってくると考えているのだろうか。

飯田氏の論にもあるように、「清子の問題が整理される」ことが、「お延の愛」の問題を解決するとは思えない。また、松澤和宏「『仕組まれた謀計』――『明暗』における語り・ジェンダー・エクリチュール」(5)においても、「清子との過去を告白したところで、津田夫婦にとって最大の問題はなんら解決されないからだ。言うまでもなく夫は自分を愛しているのかというところにこそお延の悩みがあったとすれば、夫の過去の告白は、よそよそしい関係から脱却する第一歩となる可能性があるとしても、お延の問いに十全に答えるものにはなりえない（略）」とある。

清子の津田からの離反の理由が読者に提示され、お秀によってお延が真実を知らされた時、読者は温泉場での清子、津田、お延の対決を予期するのではないか。読者は、三人の心情を全て知っているので、探偵としての思考から解放され、三人がどのような行動を起し、新たな関係を作っていくのかに神経を集中させていると思われる。

しかし結果として、二次テクストにおいて、飯田氏や松澤氏の論が示すとおり、津田夫婦にとって清子の問題が解決することは意味を持たない、という展開となる。お延が温泉場に来てから、清子は登場せず、代わりに山の禅僧風の男が、お延と津田の間に入ることになる。

それまで、清子に未練を残す津田、津田に思いを残す清子、津田の心にいる女性を探ろうとするお延という三人の思いが物語を作っていた。しかし、終結部において、山の禅僧風の男を津田と見間違うお延、地震からお延を救う禅僧風の男、お延のために祈る津田という三人が動き出す。津田夫婦の間に清子の影は消え、清子が思う「こうあって欲しかった津田」の姿をもつ禅僧風の男が、お延の前に現れることで、お延も清子同様、津田にない優しさを男に見いだす。これは、二次テクストにおいて、津田夫婦の間で問題となっているのは、清子ではなく、津田であるということを示しており、飯田氏や松澤氏の論と半分ほど合致しているわけである。合致していない半分は、お延の「愛」についての認識が変化したかどうかという点である。津田の更生は、二次テクストの新たな登場人物によってなされるが、お延の変化は示されない。それは、田中においてお延の「愛」というものが、問題とされておらず、津田の改心という方向へ物語の全てが傾くからである。

(3) 山の禅僧風の男

次の問題は、津田は改心しえるか、ということである。一次テクストにて小林は「何も云やしない、たゞ事実を云ふのさ。然し説明丈はして遣らう。今に君が其所へ追ひ詰められて、何うする事も出来なくなつた時に、僕の言葉を思ひ出すんだ。思ひ出すけれども、ちつとも言葉通りに実行は出来ないんだ。これならなまじいあんな事を聴いて置かない方が可かつたといふ気になるんだ」(百五十八) というが、田中はこの小林の言葉を二次テクストにおいて体現したように思う。

田中が『明暗』に投入した禅僧風の男は、改心した津田自身として登場していると考えて良いだろう。禅僧風の男は、「誠意の無さ」「心の驕り」「若気の過ち」(一九六) によって大切な人を失い、居たたまれず禅院に駆け込み、そこを出て山に籠っている。津田は同じように大切な人を失いながら自分の驕りに気づかず、煩悶しながらも反省することは無い。最終的に津田はこの禅僧風の男の存在によって救われるのだが、言い換えれば、田中は津田一人での更生を放棄しているのである。津田の分身である、禅僧風の男によって、津田に、なるべき人間像を提示する。終結部、津田は地震に襲われたお延と禅僧風の男の前で対面し、怪獣に見えた銀杏が菩薩に見えるようになる。これは、禅僧風の男の言葉によるものである。

禅僧風の男は、津田を救う前に清子を救済する。清子は禅僧風の男の姿が津田に似ていることに気づき「私、何だか物語の中にいるような気分で、もしかしたら、夢の中で神様が私にあの方に逢わせて、慰めて下さっているのか、と思いましたわ」（一九八）と津田に語る。津田自身は「慰め」という言葉に、清子の寂しさを感じ取り〈自分を求める清子〉いう物語を作る。「清子は津田が、相も変わらず自分の言動に関しての自覚が無いのを歯がゆく思った。それが思いがけず、ふと雨宿りに誘われた髭面の男が津田そっくりで、その話を聞くに従って、その真摯な生き方こそが、津田にこう有って欲しかった。と思ったものと合致したので、清子は余りの偶然に夢かと思う程の感銘を受けたのであった」（二〇〇）という、清子の回想は、津田が改心しさえすれば、清子は津田を相手に選ぶことが出来たという後悔さえにじませているように思う。

お延は、精神的に肉体的にも禅僧風の男に救われる。温泉場に津田を追いかけていったお延は、滝へ向かい、そこで会った禅僧風の男を津田と見間違える。「自分を見上げているのは津田であった。ここ数日逢わぬ間、髭を剃らなかったのか、津田は髭面になっていた。自分を見つめている津田の顔には、お延の未だ見た事のない、優しさ、暖かさが溢れていた」(二一五)。お延にとっても禅僧風の男と出会うことは、今までの津田を相対的に感じることにつながった。禅僧風の男は、お延にとっても理想的な津田の姿に映ったのであり、お延の心を救済したのである。また、禅僧風の男はお延を地震から救出し、津田と再会させる(お延が目覚め、再会した津田はたぶん更生しているはずである)という点からもお延を救済しているのである。

津田自身は、お延を失うという突発的な事故を禅僧風の男によって回避でき、精神的にも禅僧風の男に救われる。小林の言ったように困難に直面することも無く、自分自身の力で未来を切り開くのではなく、理想とする禅僧風の男の登場により導かれるように改心する構図は、一次テクストで予期させた津田と清子との関係が、津田とお延との関係を崩壊させる危険と、その危険を解決することで改心する津田という読者の期待を裏切る結末となる。

(4)津田とお延の関係

津田が更生することで、津田夫婦の関係は改善するだろうか。お延が禅僧風の男の顔を見たとき、優しさを感じた。津田はお延を失いかけることで、お延の大切さを確認した。ここに清子の影は無い。お延が眼を覚ましたとき、津田は純粋にお延を必要とするだろうし、お延も津田に信頼を置くようになるかもしれない。しかし、その後、二人は三つの障害にあうことが予測できる。一つ目は清子、二つ目は吉川夫人が代表する策略の世界、三つ目はお秀の代表する津田の実家とそれに伴う金銭面での障害である。

津田が自分の宿にお延を引き取った場合、清子はお見舞をしないわけにはいかない。そこで、お延は朝顔市の女性が清子であり、津田の大切にしている相手がわかる。一種の修羅場が展開されるわけだが、津田夫婦の改心がこれを乗り越えられれば、二人の間における大きな問題は無くなり、より深い信頼関係が築けるかもしれない。しかし、ここで清子によって二人の更生が壊れれば、また振り出しに戻ることになる。一次テクストの最重要問題であった清子をどう処理できるか、田中は描いていない。また、お延がそのまま入院したり、津田夫婦が東京に帰ったりという、清子と会わない場合もあり得る。そうなると、二人が清子の影を引きずり、元の懐疑的な夫婦関係へと戻ってしまうのではないだろうか。

次に、東京に戻った二人には吉川夫人の世界が待っている。お延を教育すると言っていた吉川夫人の策略がお秀によって失敗した後に、吉川夫人はお延にどのような態度をとるだろうか。清子と対決したことを知っているだろう吉川夫人はお延をどう評価するのだろうか。また、清子から吉川夫人の傀儡であったことに不信感を募らせたという告白を聞いていない津田は、再度吉川夫人の傀儡となるのであろうか。それとも、改心によって吉川夫人からお延を守ることになるのだろうか。

最後に、この夫婦の性質をよく表していた金銭面の問題である。お秀や京都の両親との関係、お延の岡本との関係はどうなるのか。お延の事故は二人に思いがけない出費となったはずである。

その他にも、改心した津田と小林の関係、お秀と吉川夫人の関係など、多くの問題が残る。二次テクストの終結は津田の改心の兆しが見えるだけなのだが、その解決方法によってこれだけの物語上の問題が浮かび上がってくるのである。一次テクストの問題は、津田、お延、清子の関係に収斂するのではなく、すべての登場人物の関係性によって成り立っているのである。

六、排除された人々

二次テクストにおいてほとんど描かれていない一次テクストの登場人物がいる。小林と吉川夫人である。小林は一次テクストにおいて津田から離れる方向性が見えるので、物語に登場することは無いのだが、吉川夫人は田中の作った構成の中で意図的に排除されているように思う。

吉川夫人がお見舞に持ってきた鉢植えの紅葉を、お延がむしり取る場面がある。吉川夫人の行動を「気晴らし?ひま潰し?気まぐれ?道楽?慰み?」と考え、「その対象に夫が選ばれている事は、嬉しくないものばかりであった」(二〇六)と考える。ここで、お延は清子と同様に津田が吉川夫人の傀儡であることを無意識に感じている。そして、それが自分にとって嬉しくないものであるとしている。出世のためには吉川夫人に可愛がられることが必要と考える津田(それでいて吉川夫人より上位に自分を置くことも出来る)とは、社会的な思考の違いが生じる。しかし、お延は清子と違い社会を見る眼(社会と折り合いをつける技)を持っているのではないだろうか。田中は、お延を清子と同様の思考にすることで、禅僧風の男による救済を有効にするのだが、お延と清子が吉川夫人と津田の関係に対して同じような感想を持つのは、二人の性格の違いから考えて不自然にも思える。このような違和感を強調しないために、田中は吉川夫人の登場を極力抑えたのではないだろうか。

もし、吉川夫人の策略が実行されたならば、お延も津田同様吉川夫人の傀儡となる。それでは、清子とお延が吉川夫人を客観的に批判しうる立場に置いておくことは出来ない。吉川夫人が登場しない理由は、吉川夫人を相手として清子とお延を同じ立場に置き、津田への改心を迫るようにする田中の意図である。

七、漱石作品の影響

田中が『夏目漱石「明暗」蛇尾の章』において模倣している漱石作品は、『明暗』だけではない。物語の要所に漱石作品の特徴的単語、設定を採用し、二次テクストの中に多くの漱石作品のイメージを取り込もうとしている。本来、漱石を作者と仮定した続編として物語を成立させるならば、漱石の他作品のイメージの取り込みは、一つの完結した物語世界を逸脱する行為となる。それは、参照点、正常という概念を不可能とした一次テクストとの同一化、ポスト・モダンとしてのパロディを目指すには余計なものである。

しかし、田中自身に〈ポスト・モダン以降のパロディ生成〉者としての自覚はない。『明暗』の終結部を含まずに物語を始めるなど『夏目漱石「明暗」蛇尾の章』を漱石の『明暗』に同一化する行為を用いながら、それとは相反した〈あらすじ〉を導入し、漱石の他作品の影を反映させる行為を行う。類似と異化が無意識的に物語に混在するのは、ポスト・モダン以降の作家として自覚がないともいえるし、そのような文学批評に囚われない作家性ともいえる。

以下、『夏目漱石「明暗」蛇尾の章』において、挿入されている漱石の『明暗』以外の作品を挙げてゆく。

(1) 門

「一九五」の終わり禅僧の着るような紺麻の法衣をまとった男が登場する。「私は、実は昨年、自分の不注意から、大切な人を失いました。それで茫然として、世の中が無意味になったのですが、死ぬ訳にもゆかず、この暗闇からどうしたら出られるか、それを求めて禅院の門を敲いてみた訳です」(一九六)というこの男は、親友の妻を奪い、後の人生をその後悔に捧げ鎌倉の禅門を敲く『門』の主人公に似ている。と共に、その行動の理由は津田の過去に似せているので、田中は『明暗』と『門』の主人公二人を重ね合わせ、そこにこの物語における理想的な男性像を作っている。

清子はすぐにこの男が津田に似ていることに気づくが、津田は二〇四において鏡を見ることでやっと男と自分が似ていることに気づく。一次テクストにおいて、津田が鏡に映った自分を見て驚く場面がある。闇の中で自分の姿を直視した津田は一瞬たじろぐが、その直後清子と出会い、またもや驚くこととなる。鏡に映った津田は、現実の世界と関係の無い、お延とも吉川夫人とも清子とも関係の無い存在である。それは、全ての関係性から切り離された津田自身であり、津田自身が自分が何を求めているのかを知ろうとする機会は、この時の他に無いように思う。しかし、漱石はそうはさせなかった。

田中はどうか。清子は、禅僧風の男を、精神を入れ替えた理想の津田として見ていた。しかし津田は清子の態度を理解しようとした時、「傷ついた清子は俺と似た男を見て慰められた、清子は俺と一緒になれなかった事が悲しかったのだ」（二〇四）と判断する。一次テクストで自己と向き合う機会を持たなかった津田は、二次テクストの中でも清子は自分を愛しているはず、という強い固定観念を持ち続け、そのために現実に理屈をつけていくことになる。地震以降の結末の部分に至るまで、津田は自己と向き合うことはない。

（2）草枕

お延は雑誌のグラビアに載った由紀子を見て「雑誌を取って一眼見た時から、この女性は問題外だ、とお延にはすぐ解った。津田に限らず殆どの男性は、こういう女性を賛美の眼で眺めても、恋心の対象とするには余りにも豪華過ぎた」と考え、「絵にはなっても、詩にはなりにくい方ね」（二〇九）と言う。

〈絵（画）と詩〉というモチーフは、『草枕』を連想させる。しかし、『草枕』で〈絵や詩〉の対象となるのは女性だが、それを評するのは男性の立場であるのに対し、『夏目漱石「明暗」蛇尾の章』においては、女性であるお延が、女性を評している。この発言におけるお延の性格付けは、『草枕』のイメージを背景に、一次テクストよりも、本質を見抜く力をもち、他者に対して批評的であり、理知的な印象を与えている。

（3）虞美人草

二〇一において、お秀の友人喬子が自殺をする。喬子は、来春早々銀時計を下賜された秀才の大学講師と結婚することになっていたのだが、その秀才には昔から約束のあった恩師の娘が京都にあり、その娘が上京してきたことで、喬子はショックを受けて自殺してしまった。この事件は、お秀に〈人間はショックで死んでしまうこともある〉ということを気づかせ、お延に吉川夫人の計画を打ち明けるきっかけとなる。

この時、お秀が結びつけたのは、友人の喬子とお延であって、お延と『虞美人草』の藤尾ではない。『明暗』の作品世界の中に『虞美人草』は存在しないので、この二つを結びつけるのは読者である。読者は、喬子と藤尾を結びつけ、銀時計を下賜される秀才が『虞美人草』の小野、上京してきた娘が小夜子であると考える。

そして、お秀の中で結ばれたお延＝喬子と、読者の中で結ばれた喬子＝藤尾という関係は、最終的にお延＝藤尾という関係を読者に想起させるのではないか。そうなると、お延＝藤尾を軸として、『明暗』と『虞美人草』が似かよった人物構成であるということに気づく。プライドの高いお延を懲らしめようとする吉川夫人は、藤尾を追い詰めた兄の甲野欽吾であり、吉川夫人と行動をともにするお秀は宗近である。甲野の道義に諭される小野は津田であり、藤尾とは対照的な小夜子は清子であろう。

『明暗』は『虞美人草』よりも登場人物の精神が複雑であり、物語として大げさな部分もないので全く異なるものと思いがちだが、このように両者を重ねてみると予想以上に似通っているのである。そして、『明暗』と『虞美人草』の差異と類似がよく現れているのが、吉川夫人と甲野の存在である。

二人の思考はまるで異なる。吉川夫人は、津田をからかい、謎をかけるような物言いをする。その点では、吉川夫人は藤尾に近い。また、田中は『夏目漱石「明暗」蛇尾の章』において、吉川夫人について清子に「そう、無分別なんだわ。まるで子供のいたずらのような気持ちで事を運ぶんだから―。」（二〇〇二）と思わせている。言い換えれば、吉川夫人は性格的に類似する藤尾よりも大きな権力を作品内で持ちながら、より無邪気に登場人物を振り回すのである。そして、その無邪気な悪戯に、自身のプライドから振り回されまいとするお延に対して、吉川夫人は反発を抱く。

甲野欽吾は『虞美人草』の中で、藤尾に対抗する存在として、大きな力を有している。藤尾によって歪められた世界を正すべく、小野と小夜子の関係を藤尾に教えるために、大掛かりな計画を実行する。甲野の性格は吉川夫人とは異なるが、結果として一人の人間を追いつめていくことに変わりはない。甲野が藤尾とその母を教育しようとしたのは明らかであり、それは自身の信じるものと相反しているからという理由によるのである。

無邪気であれ、道徳的であれ、二人は自分の意に沿わない人物を教育しようとする。これが、『明暗』と『虞美人草』の類似である。そして、同じ行動を起しながらも、二人の精神が全く異なる、というのが両作品の差異である。『明暗』の複雑さの一端は、吉川夫人が藤尾と欽吾両者の性質を併せ持つ点にある。三好行雄「『明暗』の構造」[6]においても、「漱石は『明暗』ではじめて審判者としての眼を棄て、不可知で巨大な謎を秘めた現実の総体とじかにむきあった」とある。このような漱石の『明暗』に対する姿勢を受けて、田中も二次テクストを継いだのであろう。二次テクストにおいて、吉川夫人は一度も登場しない。審判者としての立場をもつ吉川夫人が前面には出ず、その立場を転覆させるお秀が『虞美人草』の背景を負いながらお延を行動させる主要人物となるのが、二次テクストの「審判者」に対する姿勢なのである。

ここで二次テクストにおけるお秀の行動が、読者を通して重ねられた『虞美人草』にどのように影響するのかを考えてみる。『虞美人草』の物語にあわせれば、お秀の行動は、甲野の計画以前に、藤尾に小野と小夜子の関係を告げ、藤尾自身が二人に理由を聞きにいく、ということになる。田中は『夏目漱石「明暗」蛇尾の章』によって、『明暗』の続編だけでなく、『虞美人草』の新たな可能性も読者に提示しているのである。言い換えれば、『虞美人草』の結末部を牽引する欽吾の思想と行動に作中の誰もが疑問を抱かず、藤尾を死にまで追いやってしまう物語に批評を加えているとも言える。

田中が挿入する漱石の作品のモチーフは、『虞美人草』に限らず、読者に『明暗』とその作品を重ねさせ、その作品上での更なる展開というように読めるのである。

(4) こころ

『夏目漱石「明暗」蛇尾の章』では、二度、山中の大銀杏が登場する。津田は、最初は大銀杏が怪物に見え(二〇五)、結末では大銀杏が菩薩(二一七)に見える。漱石の作品の中で銀杏が象徴的に使われている作品に『こころ』がある。先生の友人であったKの墓がある雑司が谷の墓地に、大きな銀杏がある。

墓地の区切り目に、大きな銀杏が一本空を隠すやうに立つてゐた。其下へ来た時、先生は高い梢を見上げて、「もう少しすると、綺麗ですよ。この木がすつかり黄葉して、こゝいらの地面は金色の落葉で埋まるやうになります」と云つた。先生は月に一度づゝは必ず此木の下を通るのであつた。(五)

これは、私が先生の後をつけて墓地へと向かったときの出来事である。先生は黄葉した木を美しいというのではなく、落ちた葉が地面を埋めるのを美しいという人物である。

津田は清子との散歩から一夜明けた朝、昨日と同じ道を一人歩く。清子のことを考えていると、頭の中に小林の幻影が現れ、津田に厳しい言葉を浴びせる。


一陣の風が、ごおっと音を立てて津田の耳を圧した。その風は対岸の霧を破って、その霧の裂け目から銀杏の巨木が現れて津田の眼を驚かせた。真黄に色づいた葉を未だかなりとどめたその大木は、周囲がすっかり霧に隠れているので、鮮やかな印象を伴って眼を惹いた。

その大銀杏の先端の部分は、恰も巨大な怪獣の顔のように見え、よく見るとその顔には、ちょうど葉を落した場所が大きな二つの眼の位置に有り、その眼はじっと津田に向って注がれていた。

顔の下から両側に張り出した枝ぶりは、まるでその怪獣の腕が、両手をやや前方に差し出して、近付くものに摑みかかろうとしているように見えた。その時、山の後方から、木木を揺すぶって激しく吹き下す風が、恰も怪獣の咆哮のように巨木の枝々を震動させた。

津田は我にもあらず恐ろしさに足がすくんだ。あの髭の男の草庵は、霧に隠れて見落としたのか、見まわしてもあたりには人っ子一人見当たらなかった。

突然、その大銀杏の背後から、夥しい鳥の群がけたたましく鳴き立てながら津田の方に向かって羽ばたいて来た。

（天の制裁だ！）

津田はくるりと踵を返して、もと来た道を走り出した。少年が悪戯の仕置きを受けているような一途な驚きと恐怖が津田を支配していた。山の神の怒りに触れた、と津田は感じた。

（天の制裁だ！）

もう一度津田は声に出してそう叫んでいた。何に対しての制裁なのか、そこ迄は考えていなかった。（二〇五）

津田は温泉場に来て、飼い犬が野生に戻ったように感じ、清子の年来の疑問をぶつけたのだが、結局満足のいく結果が得られなかった。その翌日、大銀杏を見て突然、天の制裁と感じる。大銀杏は自然を象徴しており、津田の住む策略や虚栄の都会と対照をなしている。津田はこの時、清子は自分と結ばれることを望んでいるという自惚れに囚われているのである。その自惚れ自体が、津田の自身に対する虚栄であり、本来の自己と直面することを避けているのである。そのような津田の心理状態が、何でもない大銀杏を怪獣に仕立て上げ、津田自身の中にある自己と対面する恐怖心が（天の制裁）という他者から与えられる恐怖として表象されているのである。

どの位時間が経ったか、ふと眼を開いた津田は、昨日怪獣に見えた巨木が、今は

はっきりと観世音菩薩の姿になって、月明の天を背に、自分に向って両腕を差し伸べているのを見た。（二一七）

お延の事故を知り、山の男が観世音菩薩に見えるという大銀杏に祈りを捧げたあとの、津田の大銀杏に対する印象の変化は、そのまま津田自身を表している。一次テクスト二次テクストを通して、何かに一心に祈るということのなかった津田が、祈ることで自身と向き合い、偽ることなく自然と向き合うことができたということが、銀杏を通して表現される。

八、結末の終結感

二次テクストの結末は「津田は地にひれ伏した。両腕を投げ出し、湿った土の香に顔を埋めて、津田はただひたすらに祈った。ふと肩を敲かれて津田はふり仰いだ。津田の傍に医者がいた。医者の顔は穏かに微笑していた」（二一七）という文で終わる。一次テクストの冒頭、津田は医者に痔の診療を受けていた。二次テクストの結末では、お延を診ている医者が津田に微笑みかけるので、田中が医者を対置させることで、一次テクスト冒頭との呼応を考慮していたことが分る。

一次テクストの医者は、津田の診療を一度失敗しており、また、津田自身も手術直後に清子を追いかけて温泉旅行に出かけるというように自身の病気を軽く見ている。しかし、二次テクストの結末では、津田はお延の回復を必死に願い、物語上、津田に微笑む医師も誤診をする可能性は低いと考えられるのではないか。この対比においては、〈見誤る〉登場人物たちが、〈正しく見る〉ことの出来る人物に成長していることがわかる（もちろん医師は違う人物だが、ここでは診療する人というカテゴリーの中での成長である）。

この終結では、物語の完結とはならないが、先に述べたような一次テクストと二次テクストの構成や内容としてのまとまりや、漱石作品の世界によって『明暗』の続編を作り上げたことには、大きな意味があるように思う。

注

（1）田中文子『夏目漱石「明暗」蛇尾の章』（東方出版、平成三年五月）
（2）田中文子『妖の系譜』（審美社、平成五年三月）
（3）山下久樹「漱石『明暗』論」（『解釈と批評はどこで出会うか』砂子屋書房、平成五年十二月）
（4）飯田祐子「『明暗』の「愛」に関するいくつかの疑問」（『漱石研究』十八巻、翰林書房、平成十七年十一月）
（5）松澤和宏「『仕組まれた謀計』——『明暗』における語り・ジェンダー・エクリチュール」（『國文學　解釈と教材の研究』學燈社、平成十三年一月）
（6）三好行雄「明暗の構造」（『講座夏目漱石　第三巻〈漱石の作品（下）〉』有斐閣、昭和五十八年九月）

二節　水村美苗『続明暗』

一、作者と作品

(1) 作者

水村美苗は、年齢不詳である。本稿がテクストとしている『続明暗』[1]の著者紹介には、以下のようにある。

東京生まれ。十二歳で渡米。イェール大学仏文科卒業。同大学院修了後、帰国。のち、プリンストン、ミシガン、スタンフォード大学で日本近代文学を教える。一九九〇(平成二)年、『続明暗』を刊行し芸術選奨新人賞を、九五年には、『私小説 from left to right』で野間文芸新人賞を受賞。九八年、辻邦生氏との往復書簡『手紙、栞を添えて』を刊行。二〇〇二年『本格小説』で読売文学賞を受賞。

今では、この紹介も古くなっている訳だが、『続明暗』を続編として理解するに当って必要なのは、水村が『続明暗』を書く動機であり、なぜ処女作において〈続編〉という手段を選んだか、ということである。

「現代の顔②水村美苗」[2]というインタビュー記事がある。ここには、文庫本の著者紹介よりも詳細な経歴と、水村美苗が処女作を発表した経緯が書かれてある。水村美苗は、インタビュー当時三十代であり、父親が社員となる前提で米国企業の外駐となり、両親と姉と共に渡米した。つまり、一時的な派遣や留学ではなく、日本に帰国する予定のない渡米である。ニューヨーク郊外のグレートネックという高級住宅街に住み、日本人はあまり住んでいない中、公立の中学高校に通う。高校時代に改造社版『日本文学全集』を読み、心の故郷としていたという。高校卒業後、英語力の低さを感じボストンの美術学校に入学するが、関心が薄く二年で退学。その後渡仏し、九ヵ月後米国へ戻りイェール大学仏文科に編入した。大学卒業後、数年のブランクを間に挟み、イェール大学仏文科大学院へ入学し、ポール・ド・マンに師事する。博士論文を完成させる為に渡日し、柄谷行人の紹介で法政大学で週二回の英語の授業を受け持つようになる。当時、ある雑誌のインタビューに「《できたら日本で長編小説を書いてみたいんですよ。漱石の『明暗』はあと三、四百枚程で完成したんじゃないかと私は勝手に想像しているんですが、あの『明暗』の続編のような小説が書けたらいいなと思っています》」（一九八七年）と答えている。そして、一九八七年九月からプリンストン大学の日本文学の講座を受け持つことになり、一九九〇年二月に渡日するまで米国で生活していた。『続明暗』は一九八八年六月から一九九〇年四月まで『季刊思潮』に連載されていたので、作品自体は米国で書かれたということになる。

このインタビューも含めて、『続明暗』刊行当時、また刊行後、水村は作品に関して沢山のインタビューや対談を行っている。そこでは、どのように『続明暗』を書いたかという実際的な方法から、作者の意図としてどのように読まれたいかという、個人的な意見までが述べられている。続編作者は、作品の価値を肯定的に捉えてもらおうとする為に、作品を書いた意図や文学的効果を語ることは多々あるが、その制作過程を語ることは少ない。続編が他の小説とは異なり、一次テクストとの深い関りを実際的なレベルで表現しているのに対して、作者の意識としては、模倣ではなく、より一般的な小説としての価値を高めたいと思うためであろう。

(2) 創作方法

『続明暗』の構想の方法としては、前掲「現代の顔②水村美苗」に「文体などのメカニカルな問題は、とにかく漱石の他の作品を読むことで対処しました。言い回しとか言葉の使い方なんかは、他の作品から持ってきたりもしてるんです。それよりも、むしろ話を作っていくことが難しかったですね。とにかく、最初は大きなイメージを作り上げて、それから細かなシーンを想像していくという方法をとりました。ほぼ最初に構想したとおりに流れていきましたけど」とある。

実際にどのように文章をつづったかというと、『文芸春秋　臨時増刊号』[3]では「……あるシーンが浮んだら、漱石全集の中からそれに似た場面を探してくるんです。で、使えそうな言葉を選び出してパソコンに打ち込みながら、文章を練っていきました」とある。この方法は、まさに文体模倣という行為を表している。『続明暗』での文体模倣は、〈漱石の総体としての文体〉ではなく、〈漱石作品に散らばった文体の総体〉なのである。読者は、〈漱石の文体〉というものをイメージとして一つの確固たるものと捉えがちだが、続編作者は、より具体的に各作品の中に〈漱石の文体〉をみつけていく。本書の各章を読んでいただければ分かると思うが、他の作品においても、続編対象の作品だけを文体模写の対象としているわけではないのである。

序文でも述べたが、フレドリック・ジェイムソンのパスティーシュの定義が「聖」と「俗」から離れ、二つのテクストの乖離という段階へ進んだことで、水村美苗が平然と〈漱石全集から使用できる言葉を選択し、練り直すことで小説を書いた〉と発言することを可能にしたのである。水村美苗が続編を書くとき、漱石は〈文豪漱石〉という立場を離れ、一つのテクストの作者として存在し、そのテクストは後世の続編作者によって解体され再構築される一つの単語となるのである。この場合、続編に使用できない言葉は容赦なく切り捨てられ、漱石の文章は水村美苗の意志によって変形され、それはすでに水村美苗の文章となるのである。漱石の各作品の文章と、それらを解体し再構築した水村美苗の文章は、同じ種を有した異なる二つの作品となる。

では、一度解体され、再構築された作品を、再度、順を追って解体していきたいと思う。

二、あらすじ

百八十八は一次テクストと同様なので、百八十九よりはじめる。

津田は、清子、安永、貞子と共に滝へ向かい、自然の中で一瞬、残りなく自分を放擲してしまいたいような気になるが、すぐに平静に戻る。清子に自分が同行し迷惑ではなかったか、と聞くが、清子は一向に気にしない。津田が、滝に飛び降りるのは嫌かと清子に聞くと、絶望したら飛び降りるかもしれない、と答える。滝に飛び込むのは当て付けがましい、という津田に、清子は、そうではない絶望もあるだろうにと呆れ顔になり、あなたは飛び降りる勇気があるかと聞く。津田は自分が飛び降りることなど考えもしなかった、という。

その頃、東京のお延は、津田の「妥協」という言葉を気にしているが、気分を変える為に反物を買う。翌日、継子の見合いの件で不意に尋ねて来た吉川夫人にお延は、自分がいかに岡本で頼りにされているかを話すと、夫人は三好と継子の会食にお延の出席を依頼する。夫人は帰り際、津田が自分から温泉場に行きたいと言ったとお延に告げる。夫人が帰った後、お延は津田の書斎で泣き崩れる。

温泉場では、津田たちが遅い散歩に出ていた。清子は津田に、吉川夫人と関に手紙を書いたと言う。津田は、清子に自分はどれほど信用があるのか聞くが、清子は「何時もむずかしい事をお訊きになるのね」といって取り合わない。津田は温泉場に来た理由を「実は貴女にもう一度お目にかかりたかった」と告白する。

宿でお延から電話があったと聞いた津田は、清子のことが知れたかと驚くが、部屋で落ち着いてみると、本当にお延が心配しているのではないかと考える。夫人の命で温泉場に来たのだが、清子に会えば夫人のことなど思い至らず、お延のことを考えれば、夫人の行動は恐ろしく感じられ、いっそ死んでしまえばとまで考える自分に気づく。

東京では、宿への電話で津田が嘘をついていないと安心したお延が、質屋で旅費を作り津田の宿に一泊し、帰京した翌日吉川夫人の家に行く計画を立てる。夕食後、吉川から使いが来て、津田の転地療養について話したいことがあるので、翌朝来て欲しいと聞き、お延は承知する。

翌日、吉川家を訪ねたお延は「遥かの昔、お延が津田と出会った時既にこれと寸分違わぬものとなるのが自分の宿命として定められていたという気がしてならなかった」（二百十五）と思う。夫人はお延に、津田が夫のある清子に会いに行っていることを話す。夫人は、お延にここで帰られては教育的目的は半分しか達成されないと思い、清子に振られて腑抜けになっているところにお延が登場しよかったと言う。お延は、腑抜けになった津田に好意を抱いていたことを知りショックを受けるが、清子のことは「寝耳に水ではなかった」と夫人に言い返したことで気位を少し持ち直す。夫人は、清子と津田の仲を知っていた人は、自分も含めてお延を気の毒に思っていたと言い、お延は恥かしさから顔が赤くなる。

夫人は、清子と津田は経済的にも家族的にも上手くいかず、岡本を後ろ盾にしたお延に帰ってくるだろうから津田の許に秀を使いに出してはどうかと提案するが、お延が断ると、自分が行くという。夫人はお延に、夫婦なんてのは自分だけ愛されようとするのは、夫の負担になるものだと説教する。お延は吉川家で、夫人宛の清子の手紙をそれと知らず盗み見る。お延は帰途、津田をそそのかしたのは小林だと考える。

お延が帰宅すると、暇乞いに来た小林が軒先にいた。お延が清子の名を出すと、「いやあ、こんな事は奥さんの前で云うのは失礼だけど、津田君にそんな勇気があるとは思いも寄りませんでしたよ。もっとせっぱ詰った状況の下でならともかくねえ」(二百二十五)という。お延は、小林が津田をそそのかし清子に会わせ、金を取ろうとしているのだろうと聞くが、小林は清子と面識がないと言い、お見舞の日の真相をお延に話す。お秀が吉川夫人の家に寄って来たこと、小林が見舞いに行ったら、津田は吉川夫人が来ることを知っていたことを聞いたお延は、お秀が吉川夫人に言い争いの一件を話しており、津田もそれを承知していたことを知る。

お延が吉川夫人の迎えの車に乗り込む頃、温泉場の四人は、山向うの温泉へ向うため軽便に乗った。津田は、患部に違和感を覚えていたが、愚を承知で遠出に参加しており、そもそも温泉場に来ること自体が愚であったので、後悔はしなかった。到着後、四人で食事をした後、津田と清子は帰りの馬車に乗る。津田は、品行が良い訳ではなかった関が、清子と結婚したことに苛立ち、病院で愛と性について関と語ったとき、清子を思い浮かべて愛を語っていたことが、関に知れたら恥ずかしいと思う。しかし、品行方正な自分ではなく、関を選んだのは清子であり、恨むなら清子だと考える。

津田は、清子の流産は自分を捨てたことの罪と考え、清子への復讐として、流産の話を持ち出す。しかし、清子は、自分も夫も責めることはなかった。津田は、清子が自分に執着がないのを恐ろしく思う。吉川夫人の行動は不可解だという清子に、津田は、清子が以前に比べて用心深くなっていると言い、清子もそれを認める。あの時は、津田の説明に納得したが、今は何に納得したのかわからないとして、もう帰るつもりだという。清子は「私ね、ただ、何だか不安ですの」「だってこのまま此所に居たら私どうなるのかと思って」（二百四十四）と返答する。宿に着いた津田は、今夜馬鹿になることができるだろうか、と考える。

食事後、清子の足音を追い、下の滝の風呂に入る。煙の中清子を見た後、津田は部屋に逃げ帰るが、逃げてきた自分に汚辱を感じる。清子を待ち伏せし、質問をしたいという津田に、清子は「どうぞお訊きになって」（二百四十九）という。津田は馬鹿にされていると思うが、また、清子の超然とした態度の図々しさを不思議に思う。

お延は汽車を降り、津田の宿に向おうとするが雨で車がない。安宿に入ったお延は、女中らに馬鹿にされているように思う。

突然停電になり、津田は、帰ろうとする清子の手を取り、明日もう一度話す約束をした。翌日、津田は傷口に違和感を持ちながらも、食事後、番台で清子が滝に行ったことを聞き、追いかけ、諦念の表情で滝を見る清子をみつける。津田は、昔の清子ではなく、今の結婚後の清子に引かれていることに気づく。津田が「何故、突然……僕は嫌われたんでしょう」（二百五十五）ときくと、清子は、厭にはなったが嫌っては居ないと答える。津田は「いずれにせよ、関君の所へ嫁に行く時にね、これこれこういう理由でお前が厭になったたって何故一言云って下さらなかったんですか」（二百五十五）ときくと、清子は、当時はそれが精一杯だったし、一番肝心なことは通じそうになかったからと答えた。「今なら通じるかもしれないから言ってくれ」とねばる津田に、こんなことを聞きに東京から来たのか、今更そんなことをきいてどうする、と清子は聞くが、津田は「僕の気が治まります」と昨晩と同様答える。清子は、納得のいく答えを出せなければ、治まらないだろう、と突き放す。清子は、津田が吉川夫人に言われてきたのではないかときく。津田は自分と清子の間に吉川夫人がいることは必然だと思う。清子は、津田との結婚をやめた理由として、津田が吉川夫人の言いなりになり、自分と津田の間に夫人が居ることが厭でありながら、津田自身は夫人のことを嫌がっていないという事を挙げる。清子は、「貴方は最後の所で信用出来ないんですもの」（二百五十九）「私が貴方の所へ行ったとしても、こんな風に裏切られたのかしらんと思って」（二百五十九）という。津田は、清子が自分と結婚しないからこんな事態になっていると弁明するが、清子は、こんな事態になっても、理由を聞くのを先延ばしにする津田の不真面目さが厭だという。真面目に来たのなら、ちゃんと感じるのだ、と泣いた清子の視線はお延を捕らえる。

津田はお延と清子を両者に紹介する。津田は、先に宿へ帰った清子が東京へ帰るのではないかと思い、お延を従えて宿に戻る。津田は女中に清子の様子を聞くが、帰ったと知ってショックを受ける。一人下の風呂に行き泣いた津田は、自分はやましいところがないのに、騒ぎだてるお延が悪いと考える。部屋に戻ると、お延は、清子が東京に帰ってしまって「可いんですの？」

（二百六十三）と聞く。津田が吉川夫人の話をするとお延は泣き出し、津田は、適当な言葉でお延を慰めていたが、顔を上げたお延に表情を見られ、自分のいい加減さを知られたと思う。お延が風呂へ行くと、一人残った津田は、「これで可い、これしかなかったんだ」「これでよかったんだ」（二百六十六）と思うが、お延が大風呂に入ったことを知ると、下の滝の風呂が清子と二人の世界として守られたと安堵する。

手代が持ってきた清子からの果物の残りと手紙によって、お延は、吉川夫人の家で見た葉書が清子のものだと知る。津田は、自分の行動に吉川夫人が関与していないことを納得させるため、小林に聞いたと言うが、お延はすぐに否定し東京へ帰ろうとする。津田に止められて泣き出すお延を触ると熱がある。津田は、お延が大病であったら自分の身の置き場がないと思いながら看病をし、目を覚ましたお延に、「御前さえ胸のうちに止めて置いて呉れたら凡てが丸く治まるんだよ」（二百六十八）という。そこに、使いとして小林とお秀がくる。

お秀は岡本に依頼されてきたといい、兄のことを病床のお延に手を突いて謝る。岡本が心配していると小林が言うと、津田はお延に岡本に告げたのかときく。答えないお延に代わり、小林が昨日のお延とのやり取りを話し、津田は愕然とする。お時が明日の吉川家の食事会にお延が行けないと岡本に連絡すると、お延を心配した継子が津田家に見舞いに来たが、お時の様子を不審に思い岡本を呼ぶ。お時が岡本に、小林とお延の会話から知りえた全てを話すと、岡本は小林に会うため藤井家に向かった。明日娘の見合いがある岡本と、傍観者でいたい藤井は温泉場にいけないので、岡本の代わりに小林を、藤井の変わりにお秀を行かせることを決める。自分を信奉する継子が二人をこさせる発端を作ったことにお延は愕然とした。

津田はお秀に、御前が親切なのはわかっているが、お延も迷惑なのだと言う。「堀さんがどうこうしたとかで、彼所の妹がお前みたいにつべこべ云って来るって云うのかい」（二百七十七）と津田がいうと、お秀は「だってあたしの家じゃこんな大騒ぎにならないじゃないですか」「堀は兄さん見た様な真似はしないし、――私だって間違ったって、ネエサン見た様な真似はしない積よ」と津田に甘えるお延を責める。お秀は、兄夫婦は二人で生きているような気で居るが、二人の行動で周囲全体に迷惑がかかる、という。小林が、明日岡本に電話すればよいと場を収め、お秀は自室に戻る。

津田は、小林が朝鮮で表向きは新聞局員だが、裏で軍関係の仕事をするという話を聞き、小林を心配する態度を取りつつも、後々自分に迷惑がかかるのは困るというと、小林は、「君は相変わらずだね」「不可ないって云っても変わりようがないんだろうね」（二百八十一）と言う。そして、真面目に「お延さんを大事にしなくちゃ不可ん」、津田がいつもの調子で今度も臨んだら、お延も津田自身も救われないという。小林の言葉は津田に響き、お延に手を突いて謝りたいと思うが、出来ずに終わる。

翌日明け方、番頭が来て、お延がいないことを告げる。尻餅をつき、傷口から出血した津田は蒲団に寝かされ、同時に、宿の人間がお延の捜索に向う。滝にいたお延は、少しの希望を持ってきたはずだが、結局、夫は少しの信念もなく自分を裏切り、信用できない男だと確信した。しかし、この絶望は以前からのものであり、お延は滝に飛び込む決意を決める。吉川夫人が自分に温泉行きの計画を明かしてから昨晩まで、津田には何度もやり直す機会はあったが、事物や人間に対する畏れや、それを受け止める勇気がなく、津田はその困難を避けてきてしまった。

お秀は、お延の行方不明を知り津田の部屋に来るが、兄はお延が死んでしまうと思っていることを察知し、自分はそんなつもりでお延を責めていた訳ではないと、震える。岡本から電話に、どう答えたらよいのかとお秀が聞くと、津田は、本当のことは言ってはいけない、吉川夫人が仲人になっているのなら岡本の見合いはやめたほうがいいといえ、答える。

お延を探しに出た津田は、山道を歩きながら、自分の過去現在未来が照らし出されたと思う。今の津田には、他人も、社会も、自分も、お延さえなかった。ただこの時間が現実であること、自分以外の生のないこと、この現在が未来に繋がっていることが怖かった。自殺をやめ山を登ったお延は自然に圧倒され、小林の、〈人から笑われても生きているほうが可い〉という言葉を思い出す。今、かつての〈人に笑われる位なら、一層死んでしまった方が好い〉と考えていた自分を省みると、恥ずかしくもあり、今そういえない自分が不甲斐なくも思う。お延は、自分を苦しめる等身大の自然の上に、全てを含む大きな自然があることに気づく、それがどうしようもない天の真実である。お延は、過去を思い出し自分の周りの人間たちに生があり生きていることを不思議に思う。鏡を見て身だしなみを整え、お延は動き出す。どこへ行こうとするのかはわからないが、人に探し出されるのは良しとしない。お延の上には大きな自然がある。

三、構成

『続明暗』は、『明暗』の最終章を引用し、その後ろから続けられる。以下、簡単に『続明暗』の構成を挙げる。

①東京　津田の入院までの津田夫婦やその周囲の人々の描写
②東京　津田の入院
③東京　津田、お秀、お延の緊迫した口論の場面
④東京　清子（その行動）を謎とした各人の描写
⑤温泉場　津田と清子の再会

対して二次テクストは四つの場面に分けることが出来る（続編と考えて続けて番号を振る）

⑥温泉場　清子、津田、安永らの散歩。津田は安永らの宿を去る予定を知る。
⑦東京　津田家に吉川夫人の訪問がある。お延、温泉場に電話する。
⑧温泉場　清子、津田、安永らの散歩。お延からの電話の伝言を聞く。
⑨東京　お延、吉川家を訪問。夫人の教育。お延、小林と会う。温泉場へ向う準備をする。
⑩温泉場　津田、清子は安永らを見送った後、馬車で話す。津田、清子、お延が会う。小林、お秀が来る。

（1）同時刻の強調

『続明暗』では、お延の電話や、お延が吉川家へ向う時点と、津田が安永らを見送りに行く時点を併記する、同時刻性が特徴である。この手法により、津田とお延のいる場面が瞬時に切り替わり、二人が同時間に何をし何を考えているのか比較される。『明暗』においては、このような場面はなく、どちらかといえばお秀と津田の喧嘩にお延が登場するように、時間の流れを双方から描き、登場人物が出会うことによって双方の思考の衝突を描くことが印象深い。

吉川夫人との会話によって、津田が温泉場に行っていないのではないかと不安になったお延は宿への電話をかけにいくのだが、その途中、服装の貧しい若い女が筮竹で占いをしてもらっているのを見て、「今日に至るまで金を払って筮竹の音を聞いた事のないお延は、（略）まるで生まれて初めての音のようにその音を聞いた」（二百五）とある。占いに頼ることなく歩んできたお延の人生において、初めて何者かにすがりたいほどの不安を持ったということがあらわれている。宿に電話し、津田の存在を確認したお延は、「（略）津田が嘘も吐かずに温泉地に来ていたというその事だけであった。その平凡な事実は恰も奇跡のように彼女を捉えて釘付けにした」（二百十二）のであり、お延は津田を追いかけて温泉場に行くためにお時に反物を質屋で金に作るように言いつける。お延は、津田が嘘をついていないという事に対して、自分が温泉場に行っても何の問題もないという考えとともに、最後に残る不安である〈温泉場での謎〉の疑念を払拭しようとしている。
しかし、このお延に対する津田の状況は、「お延から電話があったと聞いた時のひんやりとした感覚が戻ってきた。あの時、東京の方に急用が出来たのだとは一瞬たりとも思わなかった。清子の事が露見したのだとだけ即座に思い、腋の下から膏汗がどっと流れた」（二百九）である。そして、お延の言葉を一度は信じ、「（略）細君が気の毒になった。いざ実行する程の親切心こそなかったが、このまま東京に帰って遣ったらどんなに喜ぶだろうとも思った」と考える。しかし、吉川夫人を思い出し「お延からの電話は吉川夫人が何か動き出した事の証拠かもしれなかった」という考えに行き着く。

これらの場面は、お延が電話をかけに行く場面、津田が伝言を聞き思いをめぐらせる場面、お延が番頭と会話を回想し、安心する場面、という順番で、文庫版で二十ページに渡り描かれる。お延の思考、津田の思考が折り重なるように畳み掛けられ、同じ時間を双方の立場から描き、また回想として印象付ける。津田とお延が相対している時の緊張感とは違う、すれ違いの感情による緊張と緩和が見られる。

（2）交換

また、『続明暗』は、場面だけではなく様々なものが交代していく。吉川夫人の津田家への訪問と、吉川夫人からの呼び出しによるお延の吉川家への訪問は、同じ〈吉川夫人のお延に対する教育〉という面を持っている。もちろん、最初の吉川夫人の訪問は、翌日お延を呼びつけるための偵察であると思われるが、この偵察はお延を不安に陥れるためのものであり、翌日の呼び出しは、不安になったお延をさらに教育するためのものである。

そして、温泉場に来たお延が津田の部屋に泊まるとき、清子のいた部屋から鏡台などが持ち運ばれる。津田は「恰も入れ物は同じで、その中に入る女が清子からお延に移っただけのようだった」（二百六十六）と思う。温泉場にお延が来ると、入れ違いに清子は去り、津田の部屋は清子の部屋の家具で埋められる。清子が泊まっていた時には清子と津田の部屋は異なり、津田は迂闊には互いの部屋に入り込めなかったのに対し、妻としてのお延は必然的に津田の部屋の中に位置を占める。清子の部屋の家具がお延の元に移動したのは、津田という男が、清子からお延に移ったことを暗示しているようにも思われる。物理的な距離は社会的な距離を示し、津田の社会的な存在は入れ物として、伴侶という立場に清子からお延への変更が、津田の許可なく運び込まれる家具のように、津田の口を挟む間もなく行われる。

四、登場人物

『続明暗』の主要な登場人物は、津田、お延、清子である。しかし、『続明暗』の終結部分がお延の描写によって終わっているように、一次テクストを別として『続明暗』の物語のもう一人の主人公といえるお延が「大きな自然」の中で自己を取り戻していく物語だと読むことが出来る。

水村美苗は、石原千秋との対談「『続明暗』から『明暗』へ」[4]の中で、「津田は顔も頭もいいし、まったく魅力のない主人公だとは思いません。現実世界であの程度の男に会ったとしたら、恋愛だって可能だと思う。(略)でも作中人物として愛されてはいない。というよりも、愛するべきではないというサインが、テクストのなかに散りばめられていますね」「津田が後悔し、その後悔によって救われないことには意味がないと思うんです。だって津田が後悔しなかったら、お延も救われないわけですしね」「お延と清子は、途中からだんだんと重なっていってるんです。(略)津田のような男に対する女性の怒りというところで一致してくるんです」「(交換)可能な部分があるということです。両方が津田を否定している部分では重なっているんです」「お延は、美人じゃないという自己規定がある女の人で、だから内面がある。劣等感と内面とは同じものですから。お延によって漱石の中で初めて強烈に内面を持った女性が誕生したわけです」「(美人とは)そもそも純粋に客体にもちいる概念ですから、主体としての女主人公の成立は、美人ではないという自意識を与えることによって可能になるとも言えるかもしれません」これらの発言を考えると、『続明暗』の独自の物語として、お延の主人公としての確立、アイデンティティの獲得、いわばお延の成長物語と言えるだろう。

では、お延は作中でどのように存在し、どのように変化していくのだろうか。まず、お延の既存のアイデンティティを形作ったものは何かといえば、それは岡本の叔父との生活であり、その資産であり、前記対談にて水村が述べているように、美人ではないというお延の容姿である。

岡本の資産は、吉川に匹敵するのだが、お延は岡本の許で少なくとも小林を同列と扱わないような価値観を育てていた。また、一次テクストに「社交上極めて有利な彼のこの話術は、その所有者の天から受けた諧謔趣味のために、一層派出な光彩を放つ事が屡あつた。さうして夫が子供の時分から彼の傍にゐたお延の口に、何時の間にか乗り移つてしまつた。機嫌のいい時に、彼を向ふへ廻して軽口の吐き競をやる位は、今の彼女に取つて何の努力も要らない第二の天性のやうなものであつた」（六十一）「如何にして異性を取り扱ふべきかの修養を、斯うして叔父からばかり学んだ彼女は、何処へ嫁に行つても、それを其侭夫に応用すれば成功するに違ひないと信じてゐた。津田と一所になつた時、始めて少し勝手の違ふやうな感じのした彼女は、此生れて始めての経験を、成程といふ眼付で眺めた。彼女の努力は、新しい夫を叔父のやうな人間に熟しつけるか、又は既に出来上つた自分の方を、新しい夫に合ふやうに改造するか、何方かにしなければならない場合によく出合つた。彼女の愛は津田の上にあつた。然し彼女の同情は寧ろ叔父型の人間に注がれた」（六十二）とあり、お延の価値観や処世術、男性と相対する時の態度などは、基本的に叔父の性格によって形成されたと考えられる。この、お延と岡本の叔父との関係は、よく似ているといわれる大岡昇平の『「明暗」の結末について』[5]と、水村の『続明暗』の中で対照的に考えられている。

大岡昇平の『「明暗」の結末について』では、お延の岡本との愛情が、『明暗』の男女関係の「地」となっていたとしている。お延は岡本から学んだ愛情の表現を夫に適用しようとし、失敗しながら悩んでいるのであるから、夫と岡本の違いによるお延の戸惑いは、確かに『明暗』の問題となる。しかし、水村は、継子の見合いを理由に、温泉場にお延を助けに行かない岡本と、お延の関係は、お延を崩壊へ向かわせると、『続明暗』において描いている。実の娘である継子の前では、岡本のお延への愛情は見せ掛けとなるのである。物語を牽引するお延の基盤に岡本が強く関っていることは両者とも変らないが、『続明暗』においてはそれがお延の崩壊と再生へと繋がるのである。

五、一次テクストからの伏線・命題

(1) 津田が清子に振られた理由

一次テクスト『明暗』の主人公である津田の作品中での一番のテーマは、〈津田が清子に振られた理由を知りたい〉ということである。『続明暗』では、清子が温泉場から帰る日に、滝の前で津田と会う場面で、この問題を解明する。

「何故、突然……僕は嫌われたんでしょう」

質問は津田自身の耳にも如何にも愚に聴こえた。清子はその愚な質問を耳にするや否や、津田の顔を見据えて云い放つように答えた。

「私、貴方のことを嫌いになった訳じゃないわ」

迷児附いた津田は別の云い方をした。

「だって、僕のことが厭になったから関君の所へ行ったんでしょう」

「ええ」

清子の答えは故意に簡単だった。だが彼女はすぐ後に附け足した。

「でも厭になるのと嫌いになるのでは違うわ」

「違いますかね」

津田は皮肉ではなく少し驚いて訊いた。

「そりゃ、違うと思うわ」

「どう違いますか」

清子は津田から眼を外らすと滝壺を見下ろしながら云った。

「私、そんな風な意味で貴方と居るのが厭になったことはありませんもの」

津田は果して清子の言葉を喜ぶべきかどうか判断が附かなかった。（二百五十五）

これは、まず津田と清子の思考の異なりを、問いと返答によって表現している。そして、たぶん津田は、自身の中にこれまでなかったであろう、共に居ることと、生涯を共にすることの違いを、この段階で自覚することが出来ている。これがわかっていないと、清子やお延の苦悩を理解することは出来ないし、津田自身が救われることも出来ないのである。

次に、清子が具体的に津田から離れた理由を述べる場面を挙げる。津田は、吉川夫人の傀儡であることが厭なのか、と清子に聞くと、清子はそれだけではない、という。

「他にも色々あるっていうより、そんなことも含めて、もとは一つですわ」

（略）

「貴方は最後の所で信用出来ないんですもの」

「それが理由で僕が厭になったんですか」

「ええ」

津田は何だか腹立たしかった。そんな在来の答を聞きに、汽車に乗ってこんな山里まで来た訳ではなかった。

（略）

「だって只信用出来ないと云われたって、余まり曖昧で能く解らないじゃないですか。人間として信用できないということですか。男として信用出来ないということですか。一体どういう意味でそう仰しゃるんです」

津田の声の調子には焦立ちが益露われた。それを聞いた清子は、つと柵から身を離し、津田とすれすれに向き合って立った。そうして男の顔を正面から凝と打ち守ると、低いながらも力の籠る声で云い放った。

「例えば、――現にこんな所にいらっしゃるじゃないの」

津田は跳ね返されたように清子の顔を見返した。女は顔色を動かさずに男の視線を受けた。（二百五十九）

このありきたりで決定的な理由は、今まで『明暗』『続明暗』を読み続けた読者ならば、納得するのではないだろうか。妻であるお延に対する態度や、吉川夫人との関係、温泉場に清子を追いかけてくる行動など、津田は夫としてはまったく信用のおけない男である。

しかし、私たち読者の知ることの出来る津田は、清子と別れた後の津田のみである。上記の発言において、清子は〈今〉こうして清子を追いかけてきている津田の行動を指し、信用出来ない、と考える。引用後、（信用出来ないのは）お延という妻がいるのに清子を追いかけているからか、と津田は清子に問う。それに対して、「私が貴方の所に行ったとしても、こんな風に裏切られたのかしらんと思って」（二百五十九）と答える。

清子が提示する理由は〈今〉の状況から判断した津田の信用おけない態度であり、津田がお延と結婚する前、半年以前の清子と津田の関係において、どのようなことがあり、清子が津田を信用出来ないと考えたかは明らかにされていない。この時点で、吉川夫人との関係だけではないと判明しているが、果たして具体的な理由があるのだろうか。読者としてこのような疑問があがってくるのであるが、主人公の津田は、まったくこの疑問を持たない。何故かといえば、「そうして、昔のままでありながらも昔のままではない、人妻としての清子に新たに執着する自分を感じた。然しその清子は再び津田の元を去ろうとしているのだった」（二百五十五）という感情があるからである。津田の心において、何故自分が振られたのかという問いをすることで、今後自分と清子の間に何らかの進展はあるのか、という可能性を見ようとしている。過去を問いながら、その思考は未来を見ている。具体的に清子が去っていった時点での清子の心情や、自分が振られた理由などには、結局興味がないのである。自己の発する言葉について無自覚なところも、やはり清子の指摘する信用出来ない部分であるといえるだろう。作中では、〈今〉という時間の中で、登場人物の感情が優先され、続編小説として根本的な一次テクストの解明はなされない。

水村が作った、現在にしか興味のない津田の人物像は、一次テクストの津田の性質をより強調している。しかし、この設定では、津田が過去を顧みて改心することは出来ず、『続明暗』の結末も、現在のお延の状況により津田が動かされ、改心したにすぎない。水村は、一次テクストの津田を、より津田らしくすることに成功したが、それによって物語の終結を明確に描くことは出来なかったのではないだろうか。

(2) 津田とお延の結末

清子が津田を振った理由と共に、一次テクストの大きな問題となるのが、未完成ゆえに発生した「お延の末路と津田の救済」という問題である。これは、未完の小説を〈完結させる〉という続編に課せられる命題において、最も重要な問題といえる。

前掲「続明暗から明暗へ」において、水村は「たとえば私の『続明暗』の結末と大岡昇平さんのお書きになった『明暗の結末』とが似ているという御指摘をいろいろなところで受けますが、似ているということ自体を否定的にとらえようとなさるのは、まったく的をえていないと思います。私が独創的であろうとはしなかったように、大岡さんも独創的であろうとはなさらなかった。そして二人とも『明暗』を丁寧に読んだ。それだけのことです」と述べている。大岡昇平の「明暗の結末について」には、『明暗』百四十七段を引用し「この自然は『それから』の「性」とは違い、結婚より生じた意地です。そしてその場合、お延の自然より「大きい」自然とは、「運命」とか「天」とか、いうものでしょう。すると彼女はいずれ死ななければならないのだろうか。こんな絶対的な伏線を張ってしまっては、小説は動きがとれないでしょう。これはむしろ筋の先取りです。こう書いた以上、お延は逆に死んではならないのです。これが私のお延は決して死なない、と考える根拠の一つです。」「私はお延がその勝気と策略にも拘らず、作者に愛されている人物で、死ぬようには思われないのです。」「木は通常生命の象徴ですが、漱石の場合は、生と死の境に立つ趣があって不吉な形象です。いずれにしても温泉地の自然の中での大団円を漱石は考えていたようです。それは小説本来からいうと逃避といえるけれど、作者はこの自分の最後の大作に人事と自然との融合で終らせることを望んでいたかも知れません」など、大岡昇平の基本的な方針は水村の書いた『続明暗』と重なる。大岡昇平が具体的に『明暗』の結末について書いた部分では、『続明暗』との合致点は半分ぐらいといえるだろう。大岡の描く結末をまとめると〈津田は、「馬鹿になっても構はないで進んで行く」ことを選び、津田と清子は同行者とともに滝を見に行く。そこで同行者を理由をつけ遠ざけ、清子は津田にあなたが信用できなくなったと、津田を振った理由を告げる。お延は吉川夫人により津田が清子と一緒に居ることを知り、その日か翌日に温泉地へ向う。津田が清子に振られた理由を告げられているところにお延が現れ、津田や清子を攻めるか、滝から飛び降りるそぶりを見せる。津田は追い詰められ痔の出血をし、お延は妻として津田の看病をすることになる〉ということになる。大岡昇平が一番気に入ってい る解決は「お延が津田に対して変心し、津田はお延と清子の変心によって罰せられる自惚れ屋となり、病気によって体からも罰せられる」というものらしいが、これはまさに『続明暗』の結末に近い筋書きである。多少異なるのは、大岡昇平の考える結末が、変心したお延は「大正の妻」として津田の看病に勤めると予測しているのに対して、『続明暗』のお延が清子と津田の決定的な場面に出くわした後、病気のように寝込み口を閉ざし、闇夜にまぎれて山へ入っていくということである。この後お延は大きな自然を感じ〈自然の中での大団円〉となるのであるが、その後津田を看病するのかは、予測できない。

結末としてのあらすじは両者はよく似ている。しかし、大きく異なる部分もある。「四、登場人物」でも挙げたが、大岡昇平の「明暗の結末について」では、岡本とお延の愛情が『明暗』における男女関係の「地」となっていた、という意見と、水村美苗が上記の石原千秋との対談において語る、自分の娘の見合いを理由に、自らは温泉地に向わず小林とお秀に任せる態度が、お延と岡本が本当の親子の情愛をもたない証拠であり、岡本家の一員としてのお延のアイデンティティの崩壊がお延に自殺を選ばせたという意見である。

大岡昇平の結末では、「彼女（吉川夫人―筆者註）をたしなめることができるのは、会社社長夫人と同じレヴェルにいて、お延の庇護者である岡本よりいないでしょう。彼は漱石の描くブルジョアの例に洩れず、上品に金を儲けます。吉川夫人の夫と取引があるから、夫人の所業について、つまりお延と津田の媒酌しておきながら、小細工を弄するのを責めることができます」とあるのに対して、『続明暗』の岡本は、お延の行動を知ったとき、吉川夫人に介入すること、また責めることはせず、親戚と小林という関係の中で処理しようとする。それは、岡本がお延よりも優先した娘の見合いに、吉川夫人が絡んでいるからである。必然的に、岡本は吉川夫人より上位に立ち彼女を責めることは出来ず、むしろ娘の見合いに対してお延の行動が不利益とならないか、という不安のほうが勝っていると考えることが出来る。

こう考えると、『明暗』の結末は一次テクストの複線からあらすじとして固まっていたとしても、表面に現れる津田・お延・清子という関係によって変動するのではなく、彼らの背後にある血縁関係、家族関係が大きな意味をもつのであろう。

六、『夏目漱石「明暗」蛇尾の章』との共通と相違

（1）滝を前にした津田の自然回帰

偶然にも両作品は、清子と滝を見ていた津田が、都会の自己像と自然の中の自己像との違いを感じ、清子にストレートに別れの原因を訊ねたくなる衝動に駆られる。常に都会での駆け引きの中で生きている津田にとって、滝が象徴する自然は自己の解放と繋がるのである。一次テクストにおける、宿へ向う行程での津田の中にある自然への畏敬が、昼の光の中で津田の中で変化し、津田を解放するようになるのであるから、両作品はその部分を利用し、津田の本心を引き出そうとしているのである。

『夏目漱石「明暗」蛇尾の章』において、津田がこの解放を受け、そのまま清子へ質問をぶつけるのは、清子の心情の吐露が描かれるため、両者の意見をストレートに語ることができるからである。『続明暗』において、津田がこの時点でストレートな質問をしないのは、清子の視点から描くことがないため、二人の関係をより密にする必要があったからであろう、と考えられる。

(2) 小林

『漱石「明暗」蛇尾の章』では夢の中でしか登場しない小林は、『続明暗』では非常に大きな役割を持つ。一次テクストの古い外套を貰い受けに来る場面を下敷きにしたと思われる、小林とお延の対決の場面では、吉川夫人から教育を受けたお延は、怒りを小林に向け、小林宅へ向う。しかし、小林はおらず、帰宅したときに小林と出会う。この時のお延の怒りは一次テクストの小林の態度を受けたものである。しかし、小林が津田の温泉行きに関わっていない、また清子とも関係がないと分かると、お延は思いのほか小林に感情をストレートに表現する。このとき、お延は小林を低く見る態度を示さない。これは『続明暗』の特徴であるといえる。

また、温泉に、津田、お延、小林、お秀が集まる場面。この時の小林は道化である。その後、津田と二人で話す時に、小林は本性を出す。一次テクストにおいて社会主義的な立場に立っていた小林は、『続明暗』において大陸で金持ちになると宣言する。余裕や高等趣味を嫌悪していた小林は、ここでも露悪的に思想の転換を語る。小林の主義は、生活の苦しさによって弱められ、極端な変換を行うが、その根幹にある津田とは正反対の自虐性は持続されるのである。

七、結末における終結感

二次テクストの終結は、「お延の上には、地を離れ、人を離れ、古今の世を離れた万里の天があるだけだった」（二百八十八）という一文で終わる。かつて、自分の「小さな自然」が全てだと考えていたお延が、その頭上にある「大きな自然」を無意識に感じ、自身の思うようにはならない人生の中で、どう生きるかを考え始める終結は、お延の人間的な成長を見届けるという点において、強い終結感を感じられる。それとは別に、物語の流れとしては、お延がこの後どのように行動するのか、本来の主人公である津田がどのように生きるのかという問題が残っているので、終結感は弱いと感じられる。それは、読者がこの物語を、〈お延の成長物語〉と取るか、〈津田を主人公とした恋愛ドラマ〉と取るかによって分けられる。

注

（1）水村美苗『続明暗』（三刷、新潮文庫、平成十六年八月）

（2）「現代の顔②水村美苗」（『潮』一九九〇年十一月号、潮出版社）
（3）『文芸春秋　臨時増刊号』第四十八巻八号（文藝春秋社、一九九〇年十二月）
（4）水村美苗・石原千秋対談「水村美苗氏に聞く――『続明暗』から『明暗』へ」（『文学』二巻一号、岩波書店、一九九一年一月）
（5）大岡昇平「『明暗』の結末について」（『小説家夏目漱石』筑摩書房、平成元年五月）

第五章　結論

一、続編における終結と接続

第二章から第四章にかけては、各作品ごとに詳細な分析を行ってきたので、本章において全体を通した分析を行うこととする。各作品は、内容としては独自性をもつ一つの完結した作品だが、続編とするにあたって共通する操作を行わなければならない。一つは、一次テクストの終結の分析、次に一次テクストと二次テクストをどのように接続するか、ということである。今回取り上げた六作品について、各章で終結についてはまとめてきたが、一次テクストと二次テクストの接続という部分と共に、全体を見ると、それぞれがまったく異なる方法を使用していることがわかる。二次テクストの終結は、二次テクスト作者による構成や、一次テクストに対する思いによって自在に創作することができるが、二次テクストの始まりの部分は、一次テクストの世界からどのように二次テクストの世界へ移行させるか、一次テクスト、二次テクストの両方と共に、二次テクストの読者に対する配慮も必要になる。それは、ただ二次テクストに読者を引き込む冒頭を作ればよいのではなく、一次テクストに対して読者がどのような関わりをもっているか、どのように一次テクストを読んだか、または読んでいないか、という部分を、ある程度カバーできる冒頭を作る必要があるということである。

一、『吾輩は猫である』

『吾輩は猫である』には、第二章で述べたように、四つの終結があると考えられる。それらは、短編から長編への転換や、単行本化される際の一応の終結をへて、作品自体の終結部である猫の死の場面が強い終結感をもつようになる。

第二章一節『それからの漱石の猫』は、一次テクストと重なる部分からはじめ、一次テクストを下敷きに独自の書換えを行い、スムーズな二次テクストへの接続を行っている。冒頭で特に一次テクストの説明をすることはなく、猫が死を予感する場面で走馬灯のように一次テクストの登場人物が出てくるのみである。このように特別な状況説明がない場合、二次テクスト作者は、読者が一次テクストを知り得ているということを前提にしており、『それからの漱石の猫』の一章全体に、一次テクストの終章と重なる部分から、猫が甕から這い出す〈再生〉の場面まで描かれていることを見ても、三四郎がこの冒頭部分を読者に一次テクストを理解させることよりも、強い終結感を持つ一次テクストの世界からの二次テクストの世界への移行を重要としていることがわかる。

第二章二節『贋作吾輩は猫である』は、一次テクストの終結の直後から始まり、猫が甕から這い出し二次テクストの主人公五沙弥の家に迷い込む冒頭は、一次テクストと二次テクストを併置した際に統一感をもっている。「甕から這い出す」という部分を除けば、一次テクストをそれほど意識した冒頭ではなく、『贋作吾輩は猫である』の第一章自体が、一次テクストと二次テクストの接続よりも、二次テクストの世界を描くほうに重点が置かれているため、読者に一次テクストへの理解を強要しない構成となっている。

第二章三節『「吾輩は猫である」殺人事件』では、一次テクストの終結から、時間も場所も隔てて物語が始まる。この場合、一次テクストとの連帯感が薄くなるが、奥泉はそれを巧みな文体模写によって補っている。また、「吾輩は猫である。名前はまだ無い。」という一文から始まる冒頭は、技のないパロディと読者に捉えられてしまう可能性も大きいのだが、これもまたその後ろに続く漱石の文体模写によって補われる。『「吾輩は猫である」殺人事件』の序章は、猫が一次テクストの様々な場面を思い出し、現在の状況を含めて一人語りをするのだが、この序章は何よりも漱石の文体模写を読者に読ませることで、一次テクストの世界を継承することが重要視され、それによって、接続部分における構成の弱さを補強していると考えられる。また、冒頭の「征露戦役の二年目にあたる昨秋の或る暮れ方、麦酒の酔いに足を捉られて水甕の底に溺死すると云う、天性の茶人的猫たるにふさわしい仕方であの世へと旅立った筈の吾輩が」という説明によって、一次テクストにあまり詳しくない読者にも配慮している。

二、『虞美人草』

『虞美人草』の終結は、第三章で述べたように、『虞美人草』第十九章が、〈ヒロインである藤尾の死〉と、〈甲野と宗近の後日談〉という強い終結感を持つ。序論において『虞美人草』の終結を、ガーラック『結末へ向けて』の分類の間隔設置とした。『虞美人草』においては、第十八章における藤尾の敗北が、第十九章において〈死〉として強固に裏付けられ、甲野欽吾の母に対する説教により欽吾の勝利が高らかと宣言されるのであり、物語を客観的にみた後日談というよりも、第十八章までの物語の勝敗を明らかにし、続編を書く場合においても藤尾の復活を成し得ない終結となっている。

『虞美人草後篇』は、このような一次テクストの終結を受け、第十八章の後ろから始まり、第十九章へと続く部分に二次テクストを挿入する形をとっている。一次テクストの中に続編を挿入するという方法なので、終結部の制約があり難しい構成となる。接続方法としては、『「吾輩は猫である」殺人事件』と同様、時間も場所も隔てた場面で物語が始まるのだが、接続している一次テクストの部分が終結ではなく、終結の一つ前の章ということもあり、章が変わることで場面も変るというそれまでの一次テクストのスタイルを持続することが出来た。『虞美人草後篇』の第一章は、甲野欽吾と宗近一が諏訪湖へ向う電車の中の描写なのだが、一次テクストに関する情報は甲野の言による継母との確執のみであり、あとは終始哲学者としての甲野とそこに茶々を入れる宗近の性格を印象付ける描写である。三四郎の『それからの漱石の猫』にも共通するが、一次テクストの説明は極力せず、一次テクストから二次テクストへどのように違和感なく移行するか、というのがこの第一章でも重要視されている。

三、『明暗』

『明暗』は、温泉場で津田と清子が再会したところで終結を迎える。作者死亡により、未完として世に出た作品であり、終結感を考察する際にはこの未完の終結を結末と捉える他ない。未完であるから終結感には乏しいが、新聞連載として漱石が一日分の分量を書き残していたことによって、それは翌日の新聞に続きが掲載されるまでの一時的なまとまりは保っているのである。これが、会話の途中や文章の途中で漱石が筆を折るという、いびつな形で出版されていたならば、『明暗』は、今よりもさらに多くの〈とりあえずの結末〉を描く続編が世に出ていたであろうと思われる。未完であったとしても『明暗』の終結部分は、一つのまとまりをもつことで、続編を書く際に〈とりあえず〉という安易な考えがもてないようなハードルを課している。

第四章一節『夏目漱石「明暗」蛇尾の章』では、作者によるあらすじを挟み、一度作者の文体によって一次テクストを読み直す作業によって、二次テクストへスムーズに入ることを可能にした。あらすじは、一次テクストを読んでいない、またあまり記憶していない読者を念頭においたサービスとして、一次テクストの読者には邪魔になるようにも思われるが、作品本編より独立したあらすじを作ることで、それを読まない権利を読者に与えているともいえる。作品内にあらすじや一次テクストの内容を盛り込むと、作品の一部として、読者が一次テクストをどのように読んでいようと否応なしにそれらを読まされることになる。この方法は、六作品の中で続編としては最もあらゆる読者に開かれたものであるといえるのではないだろうか。

第四章二節『続明暗』においては、一次テクストの最後の章をそのまま引用し、その直後から二次テクストを続ける、という方法を取った。『明暗』は、未完の作品であるので、一次テクストの終結部からそのまま二次テクストを繋げる方法が一般的だと考えていたが、やはり作者によって最良の方法を選択しているようである。『続明暗』においては、登場人物紹介という二次テクスト作者の最小限の解説と、一次テクストの最後の章を組み合わせることで、作品の冒頭における二次テクスト作者の意図を最小限としているところが、第四章一節『夏目漱石「明暗」蛇尾の章』とは異なる部分である。

以上のように、続編を書くということは、予め物語内容や設定、登場人物などが決まっているという不便なものであるが、接続の方法においては、作者の文体模写のレベルや、二次テクストにどのような意味合いを持たせたいか、二次テクストをどのように読ませたいかという点において決定するようである。そういう意味では、一次テクストが存在しているので、ある一定の読者を想定して、作者自身の方針によってその読者を作者の読ませたい方向へ導きやすい物語ジャンルだとも言えるかもしれない。

二、真面目なパロディとしての続編の意義

一、パロディの定義の確認

第一章において、日本のパロディの定義は、一次テクストと二次テクストの関係性において「もじり」などの逐語的パロディを中心と捉え、また、その機能としては「滑稽」を中心としていることを述べた。それは、ポストモダン以前の西洋のパロディ、フレドリック・ジェイムソンの言うところの「偉大なモダニストたちのスタイルを、それと照らし合わせてからかうことのできるような、言語的な規範が存在するという気分」がある、聖（偉大なモダニスト）と俗というように対照が明らかな社会におけるパロディの捉え方として共通する。

日本では、ポストモダンという概念を輸入した後、パロディといわれる作品も多く生み出され、それらについての多くの批評や論文が書かれている。しかし、それらは個別のものとして語られ、パロディという分野全体を、またはその定義をまとめようとする論考はあまりないように思われる。そのような状況の中で、二〇〇四年（平成十六年）に『日本古典偽書叢刊』として、もじりとは異なる作品がまとめられたことの意義は大きい。これまでの日本のパロディの定義からはみ出し、様々な名前で呼ばれていた作品たちを「偽書」という名でくくったことは、その存

在を明らかにする意味でも重要なことだと考えられる。これら古典作品は、物語と読者の緊密性を、また当時のおおらかに文学を享受する世相を表しているのだが、それらをテクストとして捉え直す時、やはり現代に生きる私たちはポストモダン的思考や手法を用いて考える必要があるのではないだろうか。

二、続編というジャンル

「パロディ」は、ジェラール・ジュネットが作品自体の機能性と関係性という分類でまとめた、一次テクストと二次テクストとの関わりに加えて、一次テクストを取り巻く現実世界や、それに対して二次テクスト作者がどのような意図を二次テクストに盛り込むか、また二次テクストを読者がどのように受容し、その受容が一次テクストにどのような読みの影響を及ぼすか、など多くの観点を含んでいる。また、パロディやパスティシュは、西洋においての古典的意味合いと、ポストモダン的意味合いの両者を併せもつ語であり、古典作品と現代の作品を共にパロディとして括り、定義付けるのは、非常に難しい作業になるのである。

私が今回まとめた夏目漱石の作品の続編において、有名無名の差は有るが、それらが一次テクストに対してもじりや逐語的パロディという関係、滑稽という機能だけでは語りきれない作品としての意義をもつことは、第二章から第四章までで述べてきた。本書で、私は様々なパロディの定義を拝借しながら、「続編」というパロディとは異なる言葉で分類を行ってきた。私は最初から本書におけるパロディの定義というものを設定していない。それは、この論文において研究対象を一次テクストと二次テクストそれ自体とし、一次テクスト作者や二次テクスト作者の意図は多少含むものの、読者の受容については基本的に研究対象としていないことに理由がある。この姿勢は、ジュネットのパロディに対する姿勢を元にしており、「続編」を研究するにあたり、最も基礎としたのはジュネットの「真面目なパロディ」である偽作という分野であることを意図する。私は、様々なものを含むパロディではなく、その一分野である「続編」を研究し、「続編」を考察することでパロディの一側面を考えようと試みた。それは、一次テクストと二次テクストの関係性という面でもあり、第一章に述べたように機能性から発生する効果という面でもある。

「続編」の一次テクストと二次テクストの関係性においては、先にまとめた通り、導入部では物語内容面での模倣と文体模倣が相互に補い合い、一次テクストとの滑らかな繋がりを保とうとしている。また、二次テクストにおいて語り手、語りの手法が変化しない。これは、続編の途中で語り手が交代せず、語りの手法、語り手の意義が崩れそうになると、自ずと物語自体が終結へ向うということである。また、終結において、『虞美人草後篇』を除いた作品は、明確な終結感がない。二次テクスト作者が何故このような終結を選ぶのか、第二章にて述べているように「二次テクスト作者としての一次テクストに対する永遠性への希望」が働いているのだと思われる。ただ、これは『吾輩は猫である』のように強い終結感をもつ作品の続編が、一次テクストのパターンの反復の途中で終結する、または円環構造において終結するのに対し、未完である『明暗』が一次テクストの最も大きな課題を解決することに収斂し、そこから先の大団円へは向わずに終結するという点において異なる。この終結感の問題は、より多くの作品の研究を行い統計的に考える必要もあるように思う。

二次テクストの効果においては、一部ユーモアや諧謔が挟まれるものなども存在するが、研究対象とした六作品全体を通してジュネットの「真面目なパロディ」であると考えられる。少なくとも、滑稽さにおいて独自性を出し、批評によって一次テクストを解体する意図が前面に表れている作品はない。これは「続編」というジャンル独特のものかもしれないが、その構成と同様、二次テクストは一次テクストに向うのではなく、一次テクストから出発し独自の発展を遂げるため、二次テクスト自身の基礎となる一次テクストを崩壊させる意図はみられない。ただ、「続編」という方法をとること自体が、一次テクストと二次テクストを並置させ、一次テクストの特権的地位を無効化する。聖と俗の関係から、聖という参照点を無効化させるというポストモダン的意味合いをもつことは、作品によって大小はあるが逃れることの出来ない効果ともいえる。

三、終わりに

古く存在していた『源氏物語』の作者不明の続編などが脈々と伝えられ、明治期において「偽書」とされながらも、現在もこのように様々な作者によって「続編」という物語群が存在することを本書にまとめられた事には意義があるのではないかと考える。今まで、「喜劇性」という面でしか研究されてこなかったパロディのジャンルを、ジュネットの分類した様々な視点によって読み返すことにより、さらに大きな意味や問題点が現れると思われる。

あとがき

本書は、私が二〇〇八年に専修大学大学院文学研究科に提出した博士論文「続・漱石―漱石作品のパロディと続編」に加筆修正を行ったものである。

元々、読者として好んでいたパロディというジャンルを研究対象としたのは学部の卒業論文であったが、一つの切り口で多様な作品を研究しようと考えたのは、群馬県立女子大学の渡邊正彦先生の『近代文学の分身像』（角川書店）と出会った時である。それから、群馬県立女子大学大学院において近現代文学ほか上代、漢文学などのゼミを通して文学研究の基礎を学んだ。ここでは、沢山の先輩、同輩、後輩を得て、広い視野を得ることができた。そして、専修大学大学院にて柘植光彦先生の下、漱石作品のパロディや続編という大きなテーマを得て、博士論文の研究を続けてきた。指導教授である柘植光彦先生には、漱石やパロディに関する資料やご意見を頂き、御指導を頂けたことに深く感謝している。

本書は、私の初めての著書となる。基本的な間違いや、稚拙な表現など不十分な部分に対して、ご指摘を頂ければ大変有り難いと思う。また、願わくば、沢山の方に忌憚ないご意見、ご批評を頂ければ幸いである。

専修大学大学院の指導教授の柘植光彦先生、また山口政幸先生のご指導ご鞭撻により本論文を完成させることができた。この場を借りてお二人には厚くお礼を申上げたい。また、私を専修大学大学院での研究へ導いてくださった渡邊正彦先生にも厚くお礼を申上げたい。そして、今までの生活を支えてくれた両親、友人、共に勉学を重ねたゼミの方々に深く感謝を申上げたい。

出版に際しては、専修大学出版局の笹岡五郎氏と平田薫氏に大変お世話になった。ここに深く感謝の意を表したい。

二〇一〇年一月

関　恵実

＊本書は、平成二十一年度専修大学課程博士論文刊行助成を受けて刊行されたものである。

関　恵実（せき　めぐみ）

1978年　群馬県に生れる
1999年　実践女子大学（文学部国文学科）卒業
2003年　群馬県立女子大学大学院修士課程
（文学研究科日本語日本文学専攻）修了
2009年　専修大学大学院博士課程
（文学研究科日本語日本文学専攻）修了

続・漱石　漱石作品のパロディと続編

2010年2月25日　第1版第1刷

著　者　関　恵実
発行者　渡辺　政春
発行所　専修大学出版局
〒101-0051　東京都千代田区神田神保町3-8
（株）専大センチュリー内
電話　03-3263-4230（代）
組　版　有限会社エスタリオル
印　刷
製　本　藤原印刷株式会社

ISBN 978-4-88125-243-7